禍亂創世紀 第二部 01
Rebellion of Start-online II
蜜桃多多的
修羅花嫁 上

001 憂鬱的小草

皇朝終於升級成公會了……

對於皇朝人更甚至唯我獨尊來說，這是一個多麼振奮人心、歡欣鼓舞的勝利喜訊啊。

儘管嘴上說得雲淡風輕，但實際上唯我獨尊還是覺得會長這個稱呼比團長要美妙得多。都是當慣了老大的人，他也不願意老是矮一葉知秋一頭。

所以在終於獲得了實質性的進步之後，對於現在這個結果，唯我獨尊還是很滿意的，滿意之餘，自然也是為自己以前的眼光而感到自豪。他多麼有魄力呀，能從茫茫人海中發現這麼會解建幫任務的能人，發現之後還能毫不猶豫的許以高位……這簡直就是傳說中的伯樂啊。

唯我獨尊沾沾自喜，當然了，喜過之後小失落也有一點兒。那就是向來注重大局觀的彼岸毒草不知道為毛居然會和新人產生小矛盾，而且就因為這退會了；再而且，發訊息人家還不回……這麼悶騷的男人居然也有小女人似的鬧彆扭的一面？唯我獨尊感覺詫異的同時也很是寂寞。

要不然……等最近這陣子忙過了，再去哄哄那小子？

「混沌胖子說，地面上在追殺小草的那群人就是唯我獨尊請回公會刷建幫令的能人。料想這能人上次想把人斬盡殺絕沒能實現，小草被我帶上天後又刻意避開默默尋的採訪，所以其他玩家一時半會也就查不出他去了哪裡……」

雲千千帶著九夜在一片林中穿梭，替他大概解釋了下從混沌粉絲湯那裡得來的情報：「這下冷不防發現小草又開始露面，這些人可能是怕小草回去，也可能是單純想殺著過癮，就對他下手了。偏偏小草又是倔強的人，可許他覺得這屬於自己的私人恩怨，被殺兩次硬是咬下牙來沒講，還不許跟他下去的那一隊人在公會裡說……」

「有骨氣。」九夜面無表情讚了聲。

雲千千瞪了他一眼，「這叫有骨氣？打架群毆才是王道！這人也不知道哪根筋不對了，他以為自己是復仇小說裡那些忍辱負重的主角？」

「哼，妳不懂。」

「我不……」雲千千一口氣噎著，很想引個雷下來，看能不能把眼前的男人劈聰明點。人心強了，隊伍不好帶啊。這些人的個人英雄主義也太濃重了，以為個個都是蜘蛛人？

彼岸毒草和孽六幾人被堵在一片偏僻的地圖中，看著眼前的幾個人，心中很是不好受。帶頭的那個，是唯我獨尊請回來的能解建幫令任務的猛人的親信，當初就是他帶頭挑唆輿論，把自己逼到了離會出走的地步。自己的露面竟然給這些人造成不安全感了？連追殺這種爛招都想出來了，而且索性不再假手於人……

彼岸毒草長嘆，心中感到無限失落。

「彼岸毒草，老大對你客氣，我們可不會對你客氣。要嘛你就乖乖滾出這座主城，要嘛就讓我們殺回新人村，你自己看著辦吧。」帶頭人呵呵一笑，自我感覺很是拉風。「就算你不怕，總得為你身邊的隊友想想吧。難道你忍心看他們和你一起掉級？」

孽六不知道彼岸毒草心中的痛苦猶豫，只覺得被這句話激得氣都喘不過來，咬牙在隊伍中道：「副會長，還是求援吧。」

「……這是我的私事，你們走吧。」

這句話一說，擺明了彼岸毒草是不想眾人將事情捅給雲千千知道了。首先，這事丟人不說；再次，他也實在不敢想那水果會出什麼陰險卑鄙的招數。一邊是自己老東家，一邊是自己新上司，重感情的彼岸毒草深深的為難著，他迷茫了。

帶頭人見喊完後，彼岸毒草那邊沒給什麼反應，他也覺得很丟面子，厲聲再放狠話：「你不要以為自己還是皇朝的副團長，現在皇朝已經變成公會了，副會長是我們老大，要滅你就是動動小指頭的事……而且會長也不會知道這件事的，就算你去告狀也沒人信你。」

之所以是這人出面而不是能人親自出馬，就是為了考慮到印象問題。後者的為人處事在皇朝中聲譽良好，再加上外貌也不錯，很是得到了一批人的擁護。彼岸毒草雖說資格老，但不及人家會做表面工夫，真要槓起來的話，就如這人所說，還真未必有幾個人會信他……

要知道，人緣這種東西跟認識時間長短並沒有什麼太大關係，更重要的是，你從口袋裡掏了多少錢，還有就是從嘴裡掏了多少好話……

「你別太囂張！」彼岸毒草還沒什麼反應，孽六幾個人已經聽不下去冒火了。

他們向來都是玩家中高等級的存在。以前就算那些會長、團長們的人物見到了他們也要給幾分薄面的，什麼時候被人這麼指著鼻子羞辱過？最讓人上火的是這副會長還咬死了不准求援，不然他們隨便傳個消息，拉出一票兄弟來，光唾沫就能把面前的一隊人淹死了。

「老子就囂張了，你咬我啊？」帶頭人見孽六一臉氣憤填膺，終於欣慰，哈哈大笑：「你們也別指望著有人能救你們出去，這裡荒郊野外、鳥不拉屎的，平常就算練級的玩家也難得見……」

話還沒說完，旁邊林子中一片轟轟作響，一片人影飛快的從林子中竄了出來，因為人數過於龐大的關係，竟然還發出了轟隆隆的踩踏聲，冷不防一聽，像是大型動物群集體遷徙一樣。

帶頭人的頭上一滴巨大冷汗滴下，他旁邊跟來的幾個兄弟也目瞪口呆，顯然不能理解這個偏僻地帶為什麼會出現這麼多人。

這群人從兩隊對峙的人中間風騷路過。彼岸毒草錯愕的揉了揉眼睛，依稀感覺看到了幾張熟臉……

「喲，PK呢？」跑過的人群中停下來一個人，原地踏步的在帶頭人面前笑咪咪的問了句。

「呃……嗯……」帶頭人不知道說什麼好了。

「那帶我們一下吧？」那人又說。

「……」這是能帶的嗎？帶頭人這回是真不知道怎麼說了。

「會會會……」孽六指著在敵對隊伍前形似閒聊的女孩，結巴得連一句完整話都說不全。

「小氣鬼。」雲千千鄙視帶頭人一眼，轉頭和藹可親的問彼岸毒草這邊：「要不，你們帶我？」

彼岸毒草糾結如便秘，臉色難看。「……妳怎麼來了？」

「最近天氣不錯，我想著大家也該時不時的鍛鍊下，增強身體體力，這樣才能以更強健的體魄迎接遊

戲生活……所以如此這般的，就決定帶他們跑跑步。」

跑過的大部隊吱嘎一聲在遠處停下，嘻嘻哈哈對這邊指指點點著。雲千千順口糊弄，像是在說今天晚餐吃馬鈴薯一樣自然。

帶頭人感覺不對勁了，上前遲疑問道：「請問你們是……」

雲千千的名氣說大也大，說小也小。在天天期盼有新樂子的玩家們眼中，她就是那顆冉冉升起的新星；而在埋頭練級、不喜緋聞的另外一部分人那裡，他們對八卦版的新聞則向來是習慣性無視。

「我？我只是一個過路的旅人，在人生的道路上迷失了方向，踟躕前行……」雲千千抬頭遠目，一聲長嘆後幽幽道。

「咳。」九夜在公會頻道中不高興的乾咳了聲，他以為雲千千是影射他呢。

彼岸毒草愣愣的看著遠處人群好一會，突然大驚失色，開了公會頻道問道：「這麼多人能一起傳送過來，你們該不會是把天空之城對地面的永久傳送點定到那片林子裡了吧？」

簡直是胡鬧！沒聽過誰家公會駐地會把記錄傳送點定在荒郊野外的，這安全係數不高先不說了，光是帶動經濟都很成問題啊……四大主城隨便挑一個，哪個不比這裡強？

「沒事沒事，回頭反正精靈族也得下來，叫他們直接在這片林子紮營，我們記錄點就直接規劃到精靈族部落最中心，我看誰敢亂闖。」雲千千笑嘻嘻安慰心情過於激動的彼岸毒草。

後者聽前者這麼一說，這才總算是稍微感到了一絲欣慰。

帶頭人眼見這情況是越來越詭異了，不由得升起了一絲退意。他再傻也看得出來這女孩是來窮攪和的，今天要想追殺彼岸毒草看來是沒希望了，還不如回去把情況報告一下，看自己老大怎麼安排……

想到這裡，帶頭人乾咳一聲，客氣道：「既然有朋友在這附近安排活動，我們也不能不給面了，今天這事就算了，來日方長。」他說完一抱拳，就想離開。

「噯，回來。」雲千千伸手把人抓回來。「什麼來日方長啊，我這人向來信奉的都是只爭朝夕。」

帶頭人冷汗直流。「妳什麼意思？」

「明說了吧，這是我手下副會長。」雲千千比比大拇指，一指身後臉色難看的彼岸毒草。「我們水果樂園最近在天空之城做任務，很少在下面走動，名氣不大，你沒聽過按說也不該怪你……」

帶頭人想暈了。水果樂園名氣不大？這可是太大了！

誰不知道網遊史上第一號卑鄙小人是水果樂園的會長蜜桃多多啊，沒想到這彼岸毒草多日不見，竟然是被人家招攬過去做手下了。

「可是話又得說回來了，再是不起眼的公會，也是有尊嚴的。你這樣追殺我們副會長的行為，已經嚴重傷害了我們純潔的心靈，這給我們造成的打擊是巨大的。」雲千千一臉嚴肅的接著說了下去：「我就不說小草在你手裡掉了有多少級了，單是你有這種意圖，就是對水果樂園赤裸裸的挑釁啊。」

帶頭人擦把汗，再擦把汗，只感覺今天天氣怎麼突然變得這麼涼了。他乾笑道：「誤會，一切都是誤會。早知道彼岸兄弟是你們副會長的話，我們說什麼也不能不給這個面子啊。」

「這不怪你，丟臉是他自己本事不夠。」雲千千握拳，目光堅定且一臉誠懇。「我以後會督促水果樂園的全體成員們，讓他們記住這次教訓。人不犯我，我先犯人，萬萬不能給任何潛在敵人們成長壯大的機會。」

「……妳還是弄死我算了。」帶頭人苦笑，知道自己這回是逃不掉了。

沒想到他好不容易大義凜然的下定決心，雲千千卻毫不在意的一眼鄙視過來，「你這個炮灰我弄死你有意義嗎？」

她是高手，高手可不是那麼容易出招的，要想讓她弄死，也得有一點兒等級才行。電視劇裡都演過的，小兵對小兵，將帥對將帥，誰看過有哪部電視或小說裡的世外高人是專和打更看門的人對決比武的？

「那妳想怎麼樣？」

「沒什麼，就想問問你們副會長的近況。說了我就放你們走，如何？」雲千千笑咪咪，一副和藹可親的模樣。

帶頭人咬牙，陷入了激烈的思考鬥爭中。對方這一番話的隱意已經很明顯了，自己究竟是說，還是不

說？說了，就等於是背叛；可是不說，眼前這女孩可是個不擇手段、不講道義的人。

要是換作其他玩家這麼問到，沒準帶頭人還真會大義凜然、捨身取義一把。反正他死也就死個一、兩回，回頭老大們打起來了，自然人家也就不屑理他了。

可是這女孩可不會這麼做。江湖傳言上說了，人家最喜歡仗勢欺人、捏軟柿子，恃強凌弱從來不臉紅。那臉皮厚度……就算全創世紀人民發動輿論熱潮圍攻她個三天三夜，那也是半點皮都不掉的。

要是回頭真被人記上了，自己就不僅僅是掉個一、兩級的問題了。說不定人家來個通關挑戰，先從自己捏起，把自己打回新人村了，再然後才去找上頭的人算帳……

越想越心驚，帶頭人擦把冷汗，一咬牙：「我說！」

「會長，可不能放過他啊。」眼看追殺自己等人一整天的死仇要投誠了，孽六幾個人心情激動的忙喊。

「誰說放過他了？」雲千千在公頻道裡詫異的反問。

「妳剛不是說……」

「我可是個女人耶。我說的話你們怎麼能當真？」

「……」

002 皇朝內亂

彼岸毒草不想讓雲千千知道自己被老東家那邊的小人追殺，主要還有個原因，是他覺得自己丟不起那個人。

以前自己混得不說是一人之下、萬人之上吧，大小也是個副團級的幹部，走在外面誰不得給幾分薄面？現在轉個臉，就淪落到創世紀中最聞名遐邇的恐怖組織不說，還是在蜜桃多多手下直屬工作。萬一真要鬧起來了，水果族一起出動攪和得天昏地暗，在報導上他就得是那紅顏禍水、被欺受辱、引來土匪鬧事的壓寨夫人……

雲千千問完話後一揮手，遠處站著的那群土匪族果然歡歡喜喜的衝過來，把人揍上了，半點沒有誠實

守信的心理壓力不說，還差點沒為僧多粥少而自己人打起來。

帶頭人領導的小隊也成了一回搶手貨，多少人拚死拚活擠到他們身邊，就為踹他們一腳。

在經歷了天空之城任務幾天時間的相處下來之後，這些水果族們總算是初步融為了一體，打群架也能打到一塊了，不再各自為戰，而是真正集結成了一個整體……彼岸毒草有預感，他們已經離上山落草為寇這一光輝目標不遠了……

水果族的流氓們對這些皇朝出來的追殺成員們真算得上用心呵護，為了保證每個兄弟都有得揍，還專門出動了一隊牧師幫人家輪流加血。

直到他們把人踩都得都快要崩潰之後，雲千千才終於看不下去了，好心上來，嚴肅的批評大家：「你們這群人真沒人性，早點殺了得了，有必要這麼折騰人嗎？」

於是，在雲千千的善良之下，皇朝的這些人才終於得以欣慰的含笑九泉，化作白光而去。

流氓們獲得階段性勝利，歡呼著朝彼岸毒草小隊站著的方向衝了過來。

彼岸毒草面無表情的抬頭望天，知道這回算是攔不住了。

「那位能人兄的背景真狠，原來是工作室在扶植，難怪手裡頭能有那麼多情報。」雲千千嘖嘖有聲的拉過彼岸毒草來，上下看了看，欣慰點頭，「不錯嘛，沒受什麼傷。」

「早治好啦。」水果族中，有一個牧師嘻嘻哈哈的邀功。

彼岸毒草這輪頂多是在被追趕中讓幾個遠技能刷掉些血條，要說瀕危還不算；後來皇朝的人又忙著要酷去了，一時忘記趕盡殺絕……

而剛才的群毆中，水果樂園的成員當中畢竟還是有些人沒輪得上，站在周邊擠不過去的牧師好生寂寞，剛好又發現了彼岸毒草幾個傷，於是順手刷幾個治療術，瞬間就讓人血條飽滿、精神百倍。

彼岸毒草聽到情報後也顧不上自己的事了，反而憂心起老東家：「這麼說，那個工作室是瞄上皇朝了，所以才派了風起的哭泣過來，想徐徐圖之？」

帶頭人率領的皇朝小分隊反正都是工作室裡兼職打工的，更關心自己的遊戲實力，對於工作室也就沒什麼歸屬感。有利益的時候，他們自然是跟著跟風起起鬨，眼看要連帶遭殃了，說反叛也就反叛了……

風起的哭泣就是能人兄的遊戲 ID。

雲千千根本沒把這個人放心上，撇撇嘴不屑道：「你還有工夫擔心別人？再說了，會變成到現在這樣，小尊尊他自己也有問題。如果他相信你這老搭檔，事情又怎麼會發展到現在這一步？再退一步說，就算不相信你，如果他肯看在往日情分上給你幾分面子，那些人也不見得能在你眼皮子底下翻出什麼浪來。」

如果要雲千千說的話，唯我獨尊簡直就是一隻餵不飽的白眼狼。彼岸毒草幫他那麼久，人家說踹就踹了，跟著一個據說能拿到建幫令的小子屁股後面說跑就跑，都不安撫下老下屬的。這要是換作自己……嗯，料想也不會安撫……不過好說自己不會被騙啊，單這一點就跟唯我獨尊有本質上的區別了。

這麼一說可是正戳進彼岸毒草的心窩裡了，這個被拋棄的原皇朝二把手頓時唏噓黯然：「算了，唯我獨尊不義，我卻不能不仁，這件事……」

「行，看在你面子上，這件事我就不往深裡追究了。」雲千千不耐煩的揮手打斷彼岸毒草的話。想了想，她轉頭跟水果族的流氓們商量：「大家也別太狠了，都看在副會長的面子，我們去把那風起的哭泣也砍個十次就算扯平了，怎麼樣？」

彼岸毒草進水果樂園前被算計，讓仇家傭兵團追殺砍掉的那幾級沒幾個人知道；不過流氓就是流氓，對於雲千千提出的解決辦法居然沒一個人表示反對，一個個都唯恐天下不亂的轟然回應——

「成啊成啊。」

「便宜那小子了。」

「十級太難算，乾脆掄白吧。」

「精神補償費不要了？……」

彼岸毒草聽了雲千千前半段話還在欣慰著，他畢竟不想和唯我獨尊撕破臉，去殺人家的副會長實在太不給面子了。可這麼一轉折之後，態勢急轉直下。彼岸毒草瞬間淚流滿面，咬牙切齒：「你們……還真是給我面子。」

一千人轟轟烈烈而來，殺了十幾人後，又挾裹著不情不願的彼岸毒草及孽六幾人再轟轟烈烈而去。在混沌胖子的情報網作用下，要找到唯我獨尊的臨時據點只是一通簡訊的問題……

在皇朝臨時從系統那租用來的據點裡，唯我獨尊正在詳細聽著風起的哭泣的計畫。

有了公會，下一步自然是要拿駐地。有了駐地，那才叫一個真正的公會。

這就跟有自己大樓的公司和租用辦公大樓的公司有著明顯差別一樣，前者實力雄厚，一看就知道是那種非常有影響力的，說不定還跨著國的大企業；而後者只能算流動攤子，不一定什麼時候房東不樂意了，就得飛到其他地方去了。

風起的哭泣自信滿滿，心情也不錯，規劃起奪取駐地的流程來是有理有據，充分發揮了工作室的優勢，把需要殺的 BOSS 的每一個情報及其相關任務流程都介紹得透透澈澈，讓唯我獨尊大呼驚奇。

他心情不錯的原因，自然不會是因為唯我獨尊的驚奇讚嘆，而是因為派出去的人前面發回的好消息。後者聲稱已經把彼岸毒草堵住了，馬上就能砍第三輪……

哼，彼岸毒草如果一直不出現的話，沒準自己就放過他了。誰叫他陰魂不散的又回來了呢？誰叫唯我獨尊還惦記他呢？工作室那邊催得急，為了加快進度，早日把皇朝裡的人拿下，自己也只好出這狠招了。

風起的哭泣正得意間，外面匆匆忙忙跑進來一個玩家喊道——

「不好了，有人來我們據點潑油漆了！」

「潑油漆？」風起的哭泣恍惚了一下，愣愣的轉頭問唯我獨尊：「皇朝在外面還欠人錢了？」怎麼回事，以前沒調查出這公會在外有欠錢啊。別是個空殼子吧？

唯我獨尊也很恍惚：「沒這印象啊，難道是毒草借貸了我不知道？」

一葉知秋欠蜜桃多多債的那段往事大家都知道，本應是好好的一個風雲公會，那陣子硬是被鉅款欠款弄得萎靡不振，彼岸毒草當時還跟團裡的人唏噓感慨了一陣子。照理說在這個慘烈的前車之下，他不應該去蹈人家的覆轍啊。

風起的哭泣在心裡暗罵了一句，有些恨這個會長的不可靠，這麼大的事居然一點頭緒也沒有。不過話又說回來了，如果唯我獨尊夠可靠的話，工作室也不會挑上他的班子啊。

無奈的揉了揉太陽穴，風起的哭泣問那玩家：「那些人現在在哪呢？他們除了潑油漆還幹什麼了？」

「還寫了些話……」玩家支支吾吾。

「寫什麼了？」

「寫……還我命來……」

好，很好。剛才是黑社會尋仇討債，現在又成了鬼宅深深了……風起的哭泣分外茫然，感覺事情越來越詭異了。

「去看看！敢在我公會裡鬧事，不想活了吧？」唯我獨尊咬牙，沒想得那麼深，直接點兵點將便出門去了。

風起的哭泣愣了愣，默默收起地圖也跟了出去。無論如何，還是當場看看情況，才能做出下　步應對措施。

出了門，到了臨時據點的牆外，唯我獨尊往外一看，第一時間就看到了那群正在自己牆上塗鴉的快樂人群。他們有往上面潑底色的，有寫字留言的，還有作畫創作的；仔細一看，其中居然還真有些挺歡樂的內容。

唯我獨尊左手邊的牆已經寫、畫滿了，他手指正扒著的地方就有個長翅膀、帶尾巴的女惡魔，旁邊一行粗體字帶了根箭頭指過來，注明這是「我們會長」；下面有人另起一行「人格權法表明，不准侵犯他人肖像權」，接著再起「會長已發現此作品，正在私下派人暗中追查捉拿原PO」，又起「不怕，老了隱藏盜賊進化職業，潛行強化」，又又起……十多行後，牆角靠近地縫最後一行寫著「因版面問題，此帖不准再跟……」

這是比較富有代表性的。另外在牆體的其他空間裡，還分別有印象派、寫實派、山水派、蘋果派……等若干風格的繪畫作品，旁邊的空白空間裡更是被人善加利用的配上若干相關、不相關的評價留言。

而右面的牆體相對比左邊來，才剛剛畫滿了一半，一群人滿滿當當的擠在牆前面揮毫潑墨，一副熱火朝天的場景……

唯我獨尊咬牙揪了報信那玩家：「你不是說外面人寫的是還我命來？」

「這個……」玩家哭喪著臉，睜大眼睛在牆體上仔細搜尋了一番，最後激動的指著某處，「看，快看啊！那行字就在那，已經淹沒在其他作品之中了，不是我說謊……」

這不是重點……風起的哭泣從後面擠到了前面來，無奈的嘆了口氣：「會長，現在還是趕緊讓他們停下，問清楚到底是怎麼回事吧。」

雖然說系統會自動刷新，但這刷新也得有段時間，這麼多標語、塗鴉留在牆上也不是回事啊。萬一來個手賤的工程師職業玩家，往這上面加一個固定術，直接讓系統判定成牆面裝飾了，那回頭皇朝的面子要往哪裡放？

工作室可不會聽他的辯解，拿了個名聲掃地的公會回去，上面的人只會指責是他辦事不利。

如果要換了是在其他地方發現這些東西，唯我獨尊沒準還會興致勃勃的研究一下，甚至自己信手塗抹上幾筆也不是不可能的事情。可是現在換到了自家的臨時據點牆外，只讓唯我獨尊感到了深深的憤怒。

外面已經圍了一大圈圍觀群眾，大概都是路過後突然發現此神作的，正在指指點點、嘻嘻哈哈的討論著。這更是讓唯我獨尊覺得火冒三丈，正火大的時候，一個略熟的斥責女聲從創作的人群中傳了出來。

「怎麼搞的你們，我還沒畫完就把旁邊寫滿了……靈感這種東西轉瞬即逝，你們還讓不讓老娘畫下去了？」

還馬的靈感！

唯我獨尊怒了，向著女聲方向看去，一眼就見到了雲千千那張熟悉的側臉……

這張臉不需要太熟悉，多少個不經意的瞬間，各知名公會會長及傭兵團長們都會不期然的想起蜜桃多多此人，然後再一起不寒而慄，沒有人願意得罪一個強者；再尤其，這強者又是消息靈通；再再尤其，她還卑鄙無恥；再再再尤其，人家還是一個女人……

只要一想起蜜桃多多來，多少人只剩深深的嘆息。

打也打不過，陰也陰不過。想罵？人家不在乎，再而且還有性別優勢。一般自視甚高的成功男人都是不屑在大街上欺負女人的，這讓他們覺得丟臉。

於是，不能得罪又老愛惹事的蜜桃多多就這樣成了他們心中的痛。

可是這一刻，怒火沖頭的唯我獨尊已經顧不得這麼多忌諱了。他本來就是個橫衝直撞的性格，被人這麼欺負到了頭上，哪還管得了那麼多。

「蜜桃多多妳給我滾過來！」

雲千千回頭張望了下，看見唯我獨尊的黑臉，立即拎著油漆，興匆匆的就跑過來笑開了：「喲，這不是小尊尊嗎？叫我有事？我現在忙著呢，等我把那面牆弄完了再回來跟你聊啊。」

沒人想跟妳聊！

唯我獨尊咬牙，霍的伸臂一指身邊塗得亂七八糟的牆體，「妳踏馬的什麼意思？」

「什麼什麼意思？」雲千千一臉茫然。「創作啊，你沒看出來？」

「……」這麼理所當然、雲淡風輕、若無其事的回答，還真是讓唯我獨尊一時之間不知道該說什麼才好了。

風起的哭泣眼看自己會長接不下來，連忙上前一步解圍：「妳好……」

「雷咒……那誰，跟守在復活點的兄弟們說一聲，人已經送過去了，叫他們接著殺。」將風起的哭泣順手劈之再囑咐了句，雲千千轉過頭來，繼續關切的看唯我獨尊。「小尊尊，你怎麼不說話了？」

皇朝的人都被這一手給弄懵了。

說話？說什麼？

「嗯……妳這又是什麼意思？」唯我獨尊折騰半晌，總算又憋出一句來，除了語氣助詞踏馬的以外，基本上和前句沒什麼差別。

雲千千嘆息了：「你要是只有這一句話問來問去的，我可就走了，我沒什麼什麼意思，最起碼對你沒意思。」

「風起的哭泣惹到妳了？」唯我獨尊皺了皺眉，火氣被剛才突如其來的雷電劈得一消，恢復了幾分冷靜，轉眼就想到了不對勁的地方。

眼下這情況看來，對方似乎是衝著風起的哭泣來的？

「沒惹我，就是把我副會長殺了個十次、八次的。」雲千千笑呵呵的轉身衝人群中一招手，「小草，過來見見你前老大。」

彼岸毒草面無表情的走過來，對震驚的唯我獨尊點點頭，一別臉，衝著雲千千齜牙：「妳再過分，小心我離會出走！」

「有事沒事就離會出走，你嚇唬誰呢？也不打聽打聽，從我手裡出去的人都名聲掃地了，走出去誰敢用你？」雲千千嚴肅的批評彼岸毒草。

「……」

雲千千轉頭，再跟愣愣的唯我獨尊接著說道：「小尊尊啊，你那副會長很了不得嘛，為了打進你們內部，硬是安排人把小草從50級殺回40多級。如果光是前帳也就算了，可小草跟了我以後就去了天空之城，也沒招誰惹誰，剛回來一走到大街上就又被他惦記上了……這兩級掉的，可是一點都不給我面子啊。」

雲千千邊說邊搖頭嘆息。

唯我獨尊直接聽傻了：「妳說風起的哭泣派人殺彼岸毒草？」他狐疑，這該不會是那蜜桃為了找麻煩而特意編的說辭吧？

「喂，你那什麼表情？……請你別懷疑我的人品噢，本蜜桃看誰不順眼從來都是直接衝上去滅了，你

以為我有那心思費勁跟你編瞎話?」

如果說一個人的人品很壞的話，那從這人口中說出來的話就值得人懷疑是肯定的。可是當這人壞到囂張的程度的話，那她反而是值得相信的了。

就如雲千千自己所說，她如果真想讓誰不痛快了，也沒必要編個幌子，蒙蔽世人。

這女孩要找誰麻煩，還真是從來不顧及其他人想法的。多少人指責謾罵，她自雲淡風輕，那境界，簡直就是明月照大江、清風拂山岡……反正我就這麼幹了，你能怎麼樣?她卑鄙，但她也卑鄙得光明正大、毫無掩飾……

皇朝的人在背後開始窸窸窣窣，雲千千所說的話引起了眾人的思考。就算不相信雲千千壞得夠堅挺，可是大家對彼岸毒草卻是十分了解的。如果他這沉默的態度，大家還看不出來背後代表的潛臺詞的話，那真是白在一起混過那麼多網遊了。

唯我獨尊沉默許久，抬頭直視彼岸毒草:「她說的是真的?」

「……嗯。」彼岸毒草心情複雜啊、感慨啊、無奈啊，千言萬語最後只化成了這麼一個字。

「你是我兄弟，我信你。」如果連彼岸毒草都不能相信了，那唯我獨尊真不知道自己還能信誰了。原以為自己是伯樂，沒想到卻是開門揖盜。「回頭老子就把那小子開出去。你回來吧，我加你。」

「喂，光明正大在我面前挖牆角是不是過分了點?」雲千千滿頭黑線。

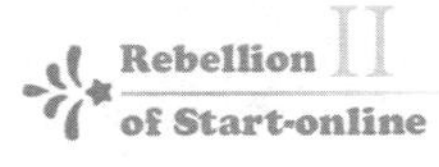

彼岸毒草心情越加複雜：「再說吧。」兄弟歸兄弟，可是現在就這麼回去了，會裡的人會怎麼想，皇朝的人又會怎麼想？

用完就甩的事情，彼岸毒草還幹不出來。嚴格說起來的話，雲千千確實過分了點，但她畢竟是在為他出頭。

「妳要怎麼樣才肯把毒草還我？」唯我獨尊得了會中彼岸毒草的親信指點，目標直指雲千千。

「嘿嘿……」還你？還你老娘上哪找人做牛做馬去？雲千千慈藹一笑，一臉高深莫測，不做回答。

唯我獨尊咬牙：「我們公會現在可動用資金只有三千……要不我寫借據給妳？」

「算了，我不想回去。」彼岸毒草連忙插嘴，並按下蠢蠢欲動的雲千千，不忍心看皇朝負債的他苦笑道：「水果樂園這裡……呃，還不錯。會長人也……挺實在的……回頭有事出來喝喝酒、說說話，大家還是朋友。」

話都說到這分上，唯我獨尊只有暫時偃旗息鼓：「那行，等你冷靜一陣子再說。」他說完，轉身就要走。

雲千千失望了：「不再聊聊了？」

「不聊了……妳踏馬的趕緊把人給我撤走，當老子這裡是柏林圍牆嗎？」

「畫都畫了，等把這些油漆用完再走唄。」

「……臥槽！」

風起的哭泣被滅得突然、被滅得迷惑。他不知道自己到底是哪裡得罪這個蜜桃多多了，難道就因為他在她說話的時候插了句嘴？

走出復活點，還沒來得及掏出一瓶藥來補充一下狀態並整理好思緒，風起的哭泣旁邊忽然「蹬蹬蹬」跑過來一個一臉羞澀的小夥子。

小夥子瞅了他一眼，不好意思的抓抓頭問道：「請問……您是風起的哭泣嗎？」

Fans？自己剛當副會長就有這麼多崇拜者了？風起的哭泣不自覺的挺直了腰桿，非常有風度的微笑頷首：「我是，你是……」哪個分堂的？

還沒來得及等風起的哭泣把後半句問完，小夥子已經激動得一把抓住他的袖子，把風起的哭泣抓了個踉蹌。接下來，他還迅速的回過頭去，衝著身後那些人高喊：「我先找到的，誰敢搶我翻臉了啊！」

這是什麼狀況？

風起的哭泣還在茫然中，小夥子已經手腕一抬，眨眼間翻出一把大刀來，刷刷兩下把他重新砍回復活點，然後就眼巴巴的抱著刀，蹲在復活點的圈外，渴望的看著他，期盼他再次走出來的那一瞬間。

風起的哭泣謹慎的收回了還待要跨出復活點的步子，皺眉問道：「你是什麼人？」

「我是路過的，十分無害，你出來吧。」小夥子甜蜜的糊弄著。

他後面呼啦啦圍上來一圈人，把四面八方的路堵得死死的，也跟著七嘴八舌起鬨：「對啊對啊，出來嘛。」

出來個屁！

風起的哭泣悲憤，如果看到現在還不知道自己是被人圍堵了的話，那他就真是白混了。復活點的無敵保護也是有時間限制的，風起的哭泣迅速判斷了一下當前局勢，斷然決定，下線。

刷一聲，風起的哭泣消失在復活點中，立刻引來了復活點外一片此起彼落的惋惜哀嘆聲。

網遊就是這點不好，各類道具千奇百怪不說，實在不行了還有無敵下線。一個道具能把人囚禁起來不讓人下線啦，或者一個什麼副本把人鎖住，不解完不讓人出去啦。這樣的小說橋段在這裡不存在，一般出現這樣的腳本，基本上都是因為作者想虐主角了，要不就是想幫主角配一個什麼逆天神器了。

現實裡對擄人案都還要嚴厲查處呢，更別說是一個遊戲了。膽敢禁錮玩家?行，打場官司先敲你一筆再說。

所以，風起的哭泣來了這麼一手，所有人都無奈了，也只能悻悻然的各自散去。守屍這種事，沒人有那耐心去做，擬真網遊不比鍵盤網遊，在這裡想做守屍的事情，比後者得更有耐心才成。沒電影、沒零食、沒娛樂不說，蹲久了沒準還有人把你當要飯的……

「通緝吧，通緝吧，讓唯我獨尊出錢，殺那小子一次給 20 金，他公會的資金夠把風起的哭泣殺個一百五十次了。」雲千千得知消息後建議。

彼岸毒草頭疼：「算了，事情到這就得了，妳去忙點正事行不行？」

正事？

雲千千從來不幹正事。

說真的，會到唯我獨尊那裡去畫柏林圍牆就是因為她無聊了，藉著替彼岸毒草出頭的機會找樂子呢。要說原本雲千千的正事應該是打天空之城，可是勞心勞力的弄下來了，人家程旭給她塞一個超級奶爸，直接把她這城主架空了。後來的正事就是去折騰風起的哭泣和皇朝，可是現在，彼岸毒草捨不得，風起的哭泣下線了，唯我獨尊道歉了，在這種情況下，雲千千只感覺分外的寂寞。

還能去做點什麼呢？

雲千千茫然的抬頭沉思……嗯，乾脆找小葉子去吧。

遠在另外一座主城中的一葉知秋正在郊外刷怪，突然感到一股莫名寒氣襲來。不等他迷惑，有新短訊的提示聲已經響起。他抓起通訊器一聽，雲千千的聲音就出現了。

「小葉子，你那有沒有什麼好玩的？」

玩？老子被妳玩得還不夠嗎？

一葉知秋心潮澎湃、萬馬奔騰。難為他在這樣子的時候竟然還能維持平靜的聲線，無情緒起伏的沉聲道：「對不起，您呼叫的用戶是空號，請查證後再撥……」他說完，滴一聲切斷通訊。

咦，空號？自己是從好友名單直接拉的通訊，怎麼可能接錯……被耍了！

雲千千憤怒再撥：「小子，再不回話小心我讓天空之城直接壓你們駐地上去啊！」嗯，雖然這許可權她沒有，但是一葉知秋可不知道她有沒有，單是嚇唬嚇唬人的話還是沒問題的。

一葉知秋淚流滿面：「姐姐，您就放過我吧。」

「我現在無聊了，給你十分鐘出現在我面前，不然……嘿嘿……」雲千千留下了引人遐思的半句話，配上嘿嘿的奸笑聲，硬是讓一葉知秋不敢再反抗。

十分鐘不到，一葉知秋已經出現在雲千千面前，臉色不爽的問道：「到底什麼事，說吧。」

「剛不是說了嗎？我無聊啊。」

「無聊？」一葉知秋錯愕，不敢相信對方居然還真是為這理由就找他出來，沒陰謀、沒算計、沒敲詐？就這麼簡單？吞了吞口水，一葉知秋再問道：「就只是因為無聊？」

看到雲千千在自己的問話後點頭，一葉知秋抓狂：「就因為無聊，妳讓我拋下效率隊，跑了十公里回

城再跨了兩座傳送點過來找妳？」

「咦，你有隊伍刷怪怎麼不早說，我也想去蹭經驗啊。」雲千千也生氣。

「……」

面對沒臉沒皮的雲千千，一葉知秋早已經習慣，不一會就憑藉著被鍛鍊出來的良好心理資質恢復了平靜。

「聽妳剛才話裡的意思，天空之城還是被妳拿下了？恭喜啊。」

「同喜同喜。順便問下，無常那壞蛋有沒有幫你出什麼新點子對我圖謀不軌？」

「……贏了就得了，不要這麼損人。」一葉知秋鄙視這沒風度的人。「無常最近在閉關，好像是想要升級個什麼技能。」

「技能？話說回來了，我一直不大了解無常究竟是什麼職業。」雲千千深感好奇。

無常在她印象裡什麼武器都能用，但是有特色的攻擊技能似乎都沒見他用過，最犀利、最主要的配備就是眼鏡。以眼鏡為主要武器的職業……難道是紅外瞄準雷射武器？未來戰士？眼鏡蛇？

雲千千終於在一葉知秋這找到好玩的事情了，打聽了一下無常閉關的地點之後，直接抓了個傳送石回城，一路傳送而去。

小鎮之外，又見PK。

PK是遊戲的主旋律，戰鬥類的玩家們除了刷怪以外，最喜歡幹的事情就是PK了。等級高了，技能風騷了，不PK又能做些什麼呢？人生寂寞如雪啊。

但是PK也得是看人來的，比如一個50級的玩家找上40級的，那叫以大欺小；50級的找上50級的，那叫勢均力敵；50級的如果找上60級的，那就只有一個可能，他欠揍了。

雲千千眼前現在就站著一隊欠揍的玩家們，沒人對雲千千用鑒定術，也是不屑用，因為現在遊戲中的玩家普遍等級目前就在50級左右徘徊。以這隊人的實力來說，他們整支隊伍50級的配備，對上任何一個單人匹馬的玩家都是有八成把握完勝的；即便對方高他們個幾級也沒關係，除了那些少之又少的隱藏高手以外，他們根本不怕任何人。

「對不起，這小鎮不能進，我們有駐守任務，這段時間許出不許進。」小隊玩家們一開始還是挺客氣的說道。

雲千千樂了，壞笑壞笑的問道：「那我要非進不可呢？」

「那我們只好不客氣了。」小隊長臉一沉，開始不高興了。

「來吧。」雲千千興奮，抓著法杖拉開架式往旁邊一跳，準備在見無常之前先玩一把熱熱身。

眼看場面一觸即發，無常悠然的從旁邊路過，只漫不經心的往這邊掃了一眼，根本沒把可能會出現的PK場面放在心上。直到都走開了十來步了，他才突然輕「咦」了一聲，回頭看過來，推推眼鏡，皺眉問

道：「妳怎麼來了？」

雲千千歡樂揮爪：「無常哥哥，人家是來找你玩的啦。」

無常冷顫了一下，沉下臉說道：「好好說話！」

阻攔雲千千進村的小隊五人疑惑了，小隊長狐疑的看看雲千千，再看看無常，「副會長，你們認識？」

「喲，原來是落盡繁華的人啊。」雲千千更樂了，同時有些奇怪落盡繁華的人為什麼不認識自己。

無常雖然不樂意搭理雲千千，但也不願意看這支小隊因為無知而白白犧牲，於是點頭說道：「這是認識的人，讓她進來吧。」

小隊伍乖乖放行，雲千千對此深表遺憾，她本來還以為至少會跳出一、兩個不給面子的愣頭青出來讓她劈。

進了小鎮，無常等在原地，第一時間丟了個組隊邀請給雲千千。「跟著我，別亂走。」

「那我要非亂走不可呢？」雲千千順嘴調戲了一下。

無常滯了滯，繼而笑得高深莫測：「那就請便。」

不對，肯定有鬼。雲千千一把抓了無常，隨便摸了把白板武器出來，隨機丟向遠處某方向。

武器一落地，瞬間招來落雷無數，整個小鎮四分之一的上空皆被覆蓋，被雷電霹靂炸得地動山搖。

雲千千臉色蒼白：「好你個無毒不丈夫，想陰姑奶奶？」

「我已經提醒過妳別亂走了。」無常笑得滿足，滿足中還帶一絲遺憾。顯然他很希望剛才被丟過去的不是武器而是雲千千。

而雲千千直到現在才知道守在小鎮口的那隊玩家們是多麼的可愛。如果不是他們執意阻攔的話，自己隨便走個幾步就被炸成灰灰了……不過話又說回來，這些人為什麼不認識自己？一葉知秋為什麼沒有提前打招呼？

這麼一想的話，雲千千頓時覺得一葉知秋透露無常行蹤之後又保持緘默的舉動中，都透著那麼一股老謀深算的味道……

世上壞人當道，自己這樣正直善良的好人真是沒法混了……雲千千明媚而憂傷的抬頭望天，感到深深的失落。

據事後無常介紹，他的職業是鍊金師。不是外面那些只能煉藥煉傳送石的鍊金師，而是能製作魔法道具的鍊金師。

就像所有魔幻小說中介紹的那樣，他可以把魔法陣刻畫到某些器具或武器上，從而使這些東西能夠釋放出某些魔法效果，比如提高防禦，增強攻擊，釋放小型攻擊法系攻擊技能等等。

所有武器都是無常可以使用的，只要他願意，拿著一把掃帚騎到天上去也不是不可能的事情……當然

了，前提是他鍊金等級得夠高。

而當前，無常正在閉關提升的技能，就是為了煉製魔法陣石。把魔法陣布置在某地或者刻畫在魔石上，成功後可以釋放威力更高的大型範圍魔法，擁有獨立練級的能力。

結果很明顯，在雲千千到達的前一刻，無常剛好就練成了。若不是這樣的話，他也不可能出來散步休息，更不可能巧遇雲千千。

如果這些巧合中有一個不成立的話，雲千千這會就應該是順利刷掉把守小鎮的隊伍，踏進小鎮引發萬雷轟頂……

「難怪沒事就見你出去挖礦呢。」雲千千鄙視無常，這麼風騷的職業都沒告訴過她。如果早知道的話，她以前欺負他的時候就會小心點了……

「天空之城到手了？」無常不理會雲千千的指責，淡淡瞥來一眼問道。

「那是當然，以我的智慧、我的實力、我的……」

無常打斷雲千千的話：「那麼公主呢？」

「呃……好像還在中轉站。」雲千千抓抓頭有點不解：「不對啊，你帶公主來，想攻打我的城池，我現在還對你這麼友好是不是有點不大對勁？其實我應該對你狠下殺手，再對落盡繁華宣戰，與小葉子和你勢不兩立，最後九夜在我們之中痛苦抉擇，終於因為你的冷酷無情而堅定的站到了我這一邊，從此和我雙

宿雙……臥糟你那表情是什麼意思？不要以為我不會翻臉啊！」

「小說看多了吧妳，得了便宜就行了，別逼我鄙視妳。」無常鄙視雲千千。

「……其實我覺得你已經在鄙視我了。」

「有嗎？」

「有，眼神。」

「很好，妳終於初步具有了智慧。」無常接著鄙視。

「……」香蕉的！

雲千千抓狂中。

她還沒進行到暴走階段，外面把守著的小隊隊長匆忙跑了進來報告：「副會長，外面有人點名找你。」

003 醜聞事件

既然無常在外有人找，雲千千當然是留在原地等著。

用頭髮想都知道，會來點名找落盡繁華副會長的人，肯定不是單純想聊天吃飯、追憶似水年華，這肯定又有什麼見不得人的勾當了。

雲千千覺得自己很單純，非常單純，所以根本不想摻和到這些事情裡面去。

可惜她不想摻和無常，無常卻想摻和她。

去外面跟神秘來客談了十來分鐘後，無常回來了，一見雲千千還在，也沒客氣的直接丟了個任務過來，說：「正好，有人委託我們公會去找點東西，最近沒空，妳去跑一趟吧。」

雲千千比個中指鄙視道：「說話客氣點，我好說也是一大公會會長呢。你當我是你手下那群看門守鎮的路人甲？」這人使喚起別人來，還真是半點不客氣的。

路人甲小隊長在無常身後怒視雲千千，被後者徹底無視。

「這任務是一個傭兵團委託的，他們的團隊升級任務要從 NPC 那拿點東西，但是自身實力又不大夠，所以才委託我們這些高等公會……」無常像沒聽見雲千千抱怨似的，若無其事介紹道：「報酬按任務難度定，訂金 100 金。」

別以為只有散人玩家才會發布僱傭任務，實力不夠的小團體有時候也是會向實力雄厚的大團體求援的。比如說就像無常丟過來的這種任務，有小團體做不來了，就委託到落盡繁華身上。落盡繁華確認接受，再幫助完成，之後收穫公會資金及信譽度若干，這些也是一個公會成長的基礎及實力體現。

聽說有錢，雲千千眼睛頓時亮晶晶的，搬出一把小算盤，一陣計算後，她抬頭為難道：「我好說也是創世紀排名第六……還是第四？就算不說實力了，你單看我長得這麼賞心悅目，不多給點報酬說得過去嗎？」

無常推推眼鏡，死咬一口價：「訂金就 100 金沒得改，愛去不去，不去拉倒，大不了我去推了……」

「千萬不要！大家朋友一場，話說到這分上就傷感情了。」雲千千做咬牙狀：「好吧，為了你我之間純潔的友誼，這任務我接了！」

100金就100金，蚊子再小也是肉不是嗎？這筆錢應該夠自己吃個幾年的素包子了……雲千千很滿意。

總算滾蛋了，100金的生意換來一個清靜，也不錯……無常也很滿意。

於是你好我好大家好，無常接著做他的研究，小鎮重新恢復了清靜。而雲千千則是包袱款款，傳送陣一路飆出，直殺向客戶而去。

「歡迎歡迎……咦，是妳？」

別懷疑，這確實是個熟人。就是雲千千曾經在眾神遺址遭遇過的富家小哥，銘心刻骨。他終於如願以償，把一腦袋風騷的頭髮染成白毛，個人形象雕琢完成了，看來現在終於是有心思發展團隊了。

當然了，現在銘心刻骨的團隊還沒能發展到後來的公會，如今不過是個小小的傭兵團，而且還是那種連做個任務也要借助其他勢力的肉腳傭兵團。

銘心刻骨一見雲千千，立刻讓身後的儀仗隊停下，揮揮手讓這群人該幹嘛就幹嘛去了。他自己則是和咬牙切齒的離騷人、一臉深沉的青鋒劍留了下來，莫名其妙的看著雲千千：「妳什麼時候加入落盡繁華了？」自己的任務是發去落盡繁華的，報信那人應該沒找錯吧？

「是這樣的，你這任務難度太大，落盡繁華的人研究後，覺得以他們的實力實在難以完成，所以就找到了信譽良好、實力強大的我。」雲千千也樂了，抓著任務書遞了過去，「麻煩你簽個字轉換委託方，順

便把訂金也先付了。」

「妳問都不問是什麼任務，就這麼自信自己一定能完成？」離騷人怎麼看雲千千怎麼不順眼。當日被劈之仇她這輩子都忘不了，陰人反被陰，這件慘痛往事足以讓她登上史上最悲情寶座。

「鄙人手下有創世第一高手九夜，創世第一智將彼岸毒草，創世第一全隱藏種族團隊水果樂園，更有創世第一智勇雙全、全能玩家，也就是在下我。請問閣下還有什麼問題？」雲千千鄙視蔑視輕視道……靠，別以為就妳看不順眼老娘，老娘更看不順眼妳。

離騷人語塞，咬牙。

「咳。」銘心刻骨拉回主題，不讓兩個女人繼續含情脈脈下去。「既然委託書在妳手裡，那就拜託妳吧。訂金我稍後就匯到你們公會帳上去，現在是不是談談任務先？」

「妻賢夫禍少，妻浪……嘿嘿。」雲千千埋頭拿委託書一擋，奸笑不語。

離騷人瞬間抓狂。

銘心刻骨頭大了。早在第一次見面的時候，他就發現這個桃子對他老婆似乎有點意見，但是為毛呢？這兩個女人那時候應該是首次相識才對吧，難道這就是傳說中的同性相斥？還是說自己魅力太大又拐了一顆芳心？

一想到後種可能性，饒是銘心刻骨也忍不住出了一身的毛毛汗。這蜜桃多多的名氣他可是聽得多了，

如果她是個愛慕者的話，沒準自己還真無法抵擋。

「青鋒，麻煩你帶小離先去逛逛吧，我陪蜜桃了解下任務。」銘心刻骨長嘆。

雲千千點頭附和：「是啊，瘋賤，你和小騷先閃吧。這裡沒你們事了。」

青鋒劍眼角抽了抽，點點頭，拉著離騷人耳語幾句離開。

雲千千眼前終於沒了礙眼的人，撇撇嘴，把委託書遞給銘心刻骨：「轉換委託方先。對了，你和那離騷人什麼時候分手啊？」

銘心刻骨手一抖，差點沒能拿穩那張薄薄的紙頁。猶豫良久後，他盡量委婉的說道：「是這樣的，我和小離感情深厚，雖然相處時間不長，但她對我卻是十分溫柔體貼，所以短時間內……不，長時間內我也沒有拋棄她的打算……」

「嘖，麻煩。」雲千千遠目。她倒不是那麼想管閒事，但眼巴巴看著已知的一個小杯具即將落在面前，如不伸手阻止，怎麼也有點說不過去……再說了，如果真能賣一個交情出去，回頭有什麼資金需求的時候，也能找得到大老闆出手……

要幫？還是不要幫？

嗯，這是個很嚴肅的問題，關鍵得看成本和回報，所以還是看看再說吧。

「行，什麼時候決定分手或者感覺感情出現危機的話，就立即通知我。」到時候也好順手點撥下，至

於能不能頓悟天道、領略玄機就看你自己的了大哥……雲千千很夠義氣的拍拍銘心刻骨的肩膀，覺得自己真是太善良了。

「……嗯。」果然是看上自己這灘牛糞了。怎麼辦？要不要挑明？可是不大好吧，人家是女孩子，臉皮薄……銘心刻骨戰戰兢兢，擦把冷汗，再擦把冷汗。看著雲千千一臉的嚴肅沉思，銘心刻骨表示壓力很大。

「我們團隊的任務是尋人……」

「咦，我聽說是尋物？」雲千千舉手打斷銘心刻骨的話。

銘心刻骨看了雲千千一眼，耐心解釋道：「尋人、尋物差別不大，因為那件東西不難獲得，只要拿了手令過去，人家自然會把東西給妳，關鍵是這人現在不知道去哪了。」

「尋找失蹤人口是吧，這任務我熟，只要你給得出名字再加肯出錢，很快我就能讓那人出現在你面前。」雲千千拈出小香，說不心疼是不可能的，這玩意召喚有使用次數，她是打算在萬不得已的非常時刻召喚九夜BOSS用的。不過如果錢錢實在夠多，在這浪費一次也不是不行……

「名字不知道……」

「哦。」把香收回去，說不上是鬆了口氣還是惋惜。雲千千又問道：「那你們怎麼找人？」

「就知道對方身分，聽說是西華城公主。」

「……大的小的？」

銘心刻骨疑惑的看了眼好像有些冒冷汗的雲千千：「大的。」

「再見。」傳送石一抓，雲千千乾脆俐落的轉身就要閃人。

真是太刺激了，那肥婆被自己丟在中轉站折騰，如果不是必要的話，雲千千打算在99級第一次轉生之前都不要去和她碰面了。沒想到天意弄人，眼下這小子居然就想把自己這頭小肥羊送去母老虎口中？

銘心刻骨反應敏捷，連忙把人抓住。「怎麼了怎麼了，這人妳知道？」

「不，絕對不知道。」

「妳絕對知道。」銘心刻骨也不是好糊弄的，自信非常。「雖然不知道妳為什麼聽到西華城公主就是這個反應，但是這個任務對我們團隊很重要。」

雲千千狂汗：「大哥，你是不知道那女人的厲害。實話跟你說了吧，她跟我之間仇深似海，但凡是我敢露面，這老肥婆絕對指揮千軍萬馬，第一時間把我踩成相片……」

「那妳告訴我她在哪，我們過去，任務酬勞也算妳的。」

「那地方你們上不去。」

中轉站算是天上，首先沒任務想打開通道就是不可能的；打開了通道，如果實力不夠也頂不住，NPC是強大的，NPC更是狡猾的……戰陣技能見過嗎？排兵列陣的BOSS組隊刷玩家見過嗎？沒有一百個平均等級

55級以上的隊伍集合，銘心刻骨根本連通道的一半都別想走過去。

當然了，自己也可以選擇打開天空之城的傳送陣送他們上去。問題是，現在精靈族聚居地還沒建起來，如果貿然開放傳送許可權的話，萬一有哪個孩子走到那荒郊野外，突然發現傳送點怎麼辦？

「那就妳代替我們過去……妳先別說話，聽我說完。」銘心刻骨伸手堵著雲千千的嘴，飛快一口氣把接下來的話說完：「首先這任務妳已經接下來了，如果過了時間沒完成的話，我是有權索取賠償金的。另外，我也知道妳和公主之間有仇了，所以也不為難妳，這任務難度我可以做主調高，訂金多加給妳300金。如果任務完成的話，最後還可以額外在原本談定的酬勞基礎上多付妳50%，簽合約為證。」

雲千千小心翼翼的抓下銘心刻骨的手，「能不能先問下，任務難度調高，酬勞再提升50%後，一共有多少？」

「3000金。」

「幹了！」

3000金哪怕是掉一級也划得來了。再說，關鍵不是錢的問題，主要是一個志氣，自己怎麼能被一個肥婆的十萬大軍就嚇倒？勝利始終是站在正義這一方的，為了發展，為了衝破心魔，為了日後百尺竿頭更進一步，這一趟她無論如何也要去闖上一闖……有錢人真是財大氣粗。

淚流滿面的抓上修改後的新委託書閃人，雲千千先去找了龍哥交任務。天空之城已經到手，首要任務是把龍哥弄上去，早日拿到任務報酬也好早日安心；而且更重要的是，她突然想起來這人可以做個人質，實在萬不得已的時候，沒準能用來牽制公主……

「九哥，江湖救急啊！」

做壞事怎麼能少得了金牌打手九夜？雲千千根本就從來沒把對方的網路警察身分當回事，拉人打架鬥狠、坑蒙拐騙是一樣不落，不過這主要也和雲千千的信念有關——她一直堅信自己是善良而純潔的小綿羊，所以根本不覺得自己玷汙了九夜的光輝形象。

十分鐘後，彼岸毒草派出的小隊親自護送九夜到傳送點。

雲千千對領路小隊表示了一番感謝，隨後拉著九夜，帶著龍哥和其兒子踏進傳送陣。白光一閃後，四人身影已經消失在原地。

精靈城主現在只能叫精靈族長了。

雲千千先去城主府報到，把九夜和小龍人的戶口問題解決，順手再確認了一下城池劃給對方的住所所在位置，接著才去見了精靈族長。

因為誤打誤撞開啟了精靈族的回歸任務，雲千千在對方部族的友好度瞬間飆至 100 點。有必要說明的

是，100點並不是上限，這只代表了她有優先和精靈族交換資源的權利；而且過了100點友好之後，也可以在精靈族中輕鬆找到些隱藏任務。精靈們很樂意跟這個與自己族交好的女孩交流，甚至部分商鋪可能還會打個小折扣。

一整天的時間裡，雲千千就忙著安排精靈族回歸的事情了。傳送NPC下去不難，主要是傳送後，對方還要在傳送陣另外一邊建設新家園，這就十分需要天空之城的鼎力支持。

彼岸毒草一整天沒聽聞雲千千在哪裡闖禍的消息，感覺分外寂寞，於是第二天就發了個短訊過來，表示慰問：「在哪呢？」

「在我們水果族駐地。」

「呃，妳又想幹什麼壞事了？」

「怎麼這樣說話呢，我清清純純、本分善良好不好？」雲千千滿頭黑線。

「要幫忙嗎？」彼岸毒草直接無視雲千千的話，問道。

「嗯……你要幫忙也行，我回頭要去和西華城公主談判，正愁著覺得沒生命保障呢，你……」

雲千千話還沒說完，彼岸毒草就掛掉通訊器了。雲千千捧著通訊器淚流滿面。這才叫世風日下呢，身為會長的她馬上就要親涉險境了，底下人，尤其是那副會長，居然沒一個願意幫忙的。

「九哥，還是你好。」雲千千哽咽，頭一次發現九夜是這麼的可靠。

「……嗯。」九夜世外高人般深沉遠目。自己這麼合作其實也算是就近監視，要不要老實告訴她呢？算了，還是以後再說吧……

把手上的事安排好後，雲千千得了空閒，終於忐忑不安的拉著九夜去了中轉站。有段日子沒來，中轉站的城池居然發展得又上了一個層次。有家底雄厚、軍力強大的公主占山為王，這裡的勢力格局慘遭動盪。水果樂園在天空之城折騰的這段日子裡，料想公主就忙著在這裡攻城掠地了。

「你們總算來了。」

雲千千等人一出傳送陣，中轉站這邊當初被留下來負責傳送點的神族 NPC 就淚流哽咽了：「自從你們走後，我這裡很快也暴露了，西華城公主每天都要派人來詢問好幾遍，讓我開放傳送陣。要不是傳送陣內的無敵法則，也許你們都見不到我了，嗚嗚嗚……」

「乖，不要怕，我會搞定的。」

雲千千正忙著安慰傳送 NPC，遠處地平線上就出現了一支公主軍小隊。

九夜掃了一眼，袖口中的匕首滑下，已然做好了應戰準備。

「等等，我先存個臉譜。」雲千千趕忙刷出易容面具，對準遠處調好聚焦，將小隊帶頭人的面貌秒抓下來保存，接著再重新收好易容面具。

這段時間裡，小隊已經跑到了距離雲千千幾人只有幾十公尺的地方。

「站住！來這裡幹什麼？」被雲千千保存臉譜的小隊長長槍一提，直指過來，謹慎問道。

「呃……觀光旅遊的。聽說這片地皮被西華城公主開發了，發展得繁榮昌盛，所以我和我朋友特地慕名而來……」

「你們是天空之城下來的？」小隊長沒有被雲千千的花言巧語所欺騙，又問道。

「我說不是，你信嗎？」雲千千小心翼翼的反問。

「殺！」

看樣子是不信了……雲千千傷心退開。「九哥，靠你了。」

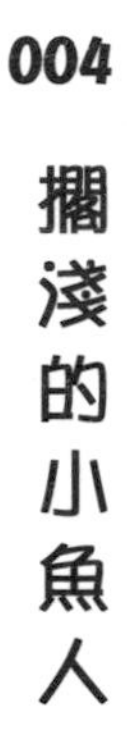

004 擱淺的小魚人

「來來來，瞧一瞧、看一看了哈，新出爐放養變異豬肉，肉健筋韌口感十足，富含各種營養蛋白質及維生素ABCDEFG……噯，那個誰，你們不是去查看傳送陣了？老頭子還是不肯放我們去天空之城？」

叫誰？雲千千迷惑回首，一眼看到剛才正在招攬生意的NPC正在衝自己笑得叫一淫蕩。

「我？」雲千千保持著蹲姿移動過去，抓了抓頭，茫然的指了自己鼻子。

「廢話，不叫你叫誰。」小攤位老闆白她一眼。「其他兄弟呢，你們一起去的怎麼不一起回？還有這位兄弟誰啊，看起來好像冒險者……」他疑惑的打量九夜。

九夜在隊伍問道：「滅口？」

「滅不光的，大哥。我們關鍵還是找人，千萬別打草驚蛇。」雲千千狂汗。跟九夜一起行動就是有這麼點危險性，這人動不動就想滅人家滿門，暴走機率實在是太大了。

怎麼編？雲千千頭疼，不知道眼前這人是誰，但看得出大概和自己扮演的巡邏小隊長是同事。她唯一不解的，是公主軍為什麼會淪落到街上賣肉？不掌握及時資訊很要不得啊，雲千千突然發現自己的潛入計畫好像真的挺不可靠……

九夜冷眼旁觀，不動聲色的收回匕首。既然不讓他出手他就不出手，反正自己無所謂任務完不完成，所謂無欲則剛……現在的九哥很剛強。

「問你話呢？」豬肉攤小販不耐煩又問，說完還揮揮手：「往旁邊蹭一點，別妨礙我做生意。」

「哦，生意怎麼樣？」雲千千終於找到切入點。

「還行，這裡又得不到軍備補充，我看公主那樣子也像是撐不下去了。你們可得抓緊點，這事再不完成，大家都得餓死……這年頭光有家底也沒用啊。」豬肉攤小販唏噓感慨，寄予厚望的拍拍雲千千。

這下明白原因了，而且是一個雲千千沒想到的原因。她一直覺得公主是身家豐厚的，但人家身家豐厚是沒錯，卻始終只是個 NPC，受著地域的限制，沒辦法把西華城那留著的家底都帶上。

跟著一葉知秋出來沒多久的時候，公主就召出了十萬大軍，天天供人糧餉、軍備什麼的，後來又被雲千千丟在中轉站近半個月，那消耗更是一個大。

就單是現實裡一個劇組，招個幾千群眾演員拍戲，那每天便當至少都得付上十多萬元；更別說公主養的還是十萬大軍，為了保證戰力，還得天天大魚大肉的供給……勉強將中轉站收入囊中後，公主就已經無力為繼。西華城的錢取不到，中轉站這邊又沒人賣她面子交稅，於是十萬大軍也只好脫下戰袍自謀生路，光榮的轉為了民兵組織……

交談幾句，了解到自己所希望的情報之後，雲千千揮別豬肉小販，帶著九夜繼續磨磨蹭蹭的往公主落腳處走去。

「九哥，一會你跟我後面，盡量別開口，萬一公主知道了你是水果樂園的人，凶性大發就不好了。」雲千千事先叮囑九夜。

「我可以不進去的。」

「不行，你不進去我沒安全感。」雲千千突然覺得自己應該再去幫九夜也弄張易容面具來，有這樣非常狀況的時候，也好兩個人一起偽裝，不然帶這麼大個目標實在太容易出事了。

不一會後，兩人抵達公主落腳處。看守士兵無視雲千千頂著的熟臉皮，狐疑的看了眼九夜，突然抬槍喝問：「口令！」

口令？大搖大擺以為必定一路順風的雲千千一愣，繼而抓狂。香蕉的，怎麼還有這麼一齣？

「隊長，您回來了。」看守士兵對雲千千倒還是客氣的，行個軍禮問道：「任務順利完成了嗎？」

「還行，其他兄弟留在那繼續努力著，我先回來報個信。」雲千千擦把汗：「那個，這人是我帶回來的，你看能不能通融一下？」

「可以，只要您說出口令。」

「看我這張臉怎麼也得比口令實在吧，難道你不認識我？」雲千千心痛的遞出一碗打包餛飩。「這路上順便買的，幫兄弟們加個餐。」

「您不是不知道，公主自從上次被蜜桃多多欺騙之後，就一直要求嚴格遵守口令放行制，這樣規矩上不允許啊。」看守士兵嘆息著接過餛飩收起來，卻是半點不肯通融。

雲千千大汗。看來真是不能把人家當傻子，都說吃一塹長一智，曾經單純可愛的肥公主在她的悉心教誨下終於也成長了，現在可是狡猾狡猾的。

「兄弟，老實說了吧，這大哥愛慕公主，想去跟她老人家表白。」雲千千一咬牙，拉過看守士兵到一邊，悄悄壓低聲音：「但是公主一朵鮮花哪能配這攤牛糞啊，我們千萬不能大意。再說我最近在中轉站看上一個女孩，萬一公主真要和人情投意合，決定收兵回宮了，那我的幸福怎麼辦……一會我就說自己不知道口令，你就當幫大哥一把，咬死了怎麼也不能將他放行啊。」

看守士兵大驚：「有人想跟公主表白？」他回頭看了眼英俊瀟灑、氣宇軒昂的九夜兄，再轉回來，同樣壓低聲音斥責：「你也是個小隊長了，怎麼還這麼糊塗？漂亮女孩哪沒有，非要在這找？如果公主真是

看上他了，心情一好，不再想去天空之城的事，那我們早點回去難道不好？」

雲千千搖頭，深情道：「不，我打死也不願意回去，我已經愛上那個女孩了。」

「你……」看守士兵看雲千千這德性也生氣了，一轉身，抬手揮開其他士兵：「都給我退下！來人啊，護送這位先生去公主那裡。」

「不要啊！」被看守士兵攔住的雲千千面露悽色，絕望的看九夜從自己身邊走過。

「神經病。」九夜走過雲千千身旁同時，鄙視了過來。雖然他不了解什麼情況，但他也知道這水果肯定在糊弄人了，裝得還挺像，那慘勁……不知道的還得以為她是死了老公。

草泥馬！

眼看九夜的身影消失在門內後，震驚良久的雲千千終於飽含傷心淚水的抬起頭，說道：「大哥，既然事已至此，我也不強求了。但是我想去求求公主，看能不能一個人留下來……」噺……一不小心掐狠了，香蕉的。

「唉——你去吧，祝你幸福。」看守士兵搖搖頭，揮手將雲千千也放行。

誰說老招不能用？關鍵得看用的人是誰。黑貓白貓，能抓到耗子的就是好貓。雲千千匆匆趕上前面的隊伍，看九夜已經揮退了士兵在前方等她，頓時感覺一陣安心。她總算是混進來了，接下來是怎麼把手令交給公主的問題。

九夜肯定不能出面，人家公主是高級BOSS，一眼就能看穿他水果樂園成員的身分。算來算去，這事還是得落在自己頭上……問題是，她一個士兵突然拿出手令索要信物也挺可疑的，該怎麼辦呢？

抓了九夜去後院躲開其他士兵蹲著，雲千千繼續為下一步糾結著。

「想大號？」九夜莫名其妙的陪蹲，感覺這姿勢有點不大自在。

「……大你個頭。」雲千千鄙視過去，但也不敢太過分。她想想想，繼續努力用心的想，該用什麼身分去和公主換手令才不會惹人懷疑捏？沒有任務的人不能觸發任務，有任務的自己又不能露面。真是失算，她一開始如果把銘心刻骨的樣子存下來再面見的話，這會就什麼問題也沒有了……要不再回去趟？

雲千千鬱悶。

正鬱悶間，混沌粉絲湯的消息傳來：「哈哈，聽天機堂下的探子說妳又上天了？正好昨天有手下做隱藏任務順帶了壺好酒，要不要來嚐嚐？」

咦，這不就有個現成在NPC面前吃得開的人？

雲千千眼前一亮。「胖子，你們情報堂還有收人名額嗎？」

「有啊，妳想介紹誰？」

「你看我行不行？」

「噗——」通訊器另外那頭的混沌胖子明顯是噴了，好一陣的嗆咳聲後，混沌粉絲湯驚怕的聲音才傳過來：「桃子，我最近沒得罪妳吧？妳是從誰那接了要破壞天機堂的任務？他們給了妳多少錢？難道是默默尋那小妞委託的生意？」

混沌粉絲湯混到現在也算得上一方老大了，但要說怕的人也不是沒有，現成的雲千千就是他最忌諱的人物之一。

此女之陰險狡詐，已經超越了混沌粉絲湯以往的認知。如果不是因為這樣子的話，光論交情就想讓他對一個人一直這般友好，甚至交好到如今這一步，用屁股想也知道是不可能的。

雲千千滿頭黑線，連忙打斷混沌粉絲湯繼續往陰暗方向的猜想。「在你眼裡我是流感還是病毒啊？進誰那裡就是要禍害誰？」

「哈哈，怎麼會。」混沌粉絲湯乾笑，繼而嚴肅語氣：「有什麼事妳還是直說吧，這麼不明不白的說法讓人提心吊膽啊。」

「簡單來說，這主要是因為一個任務……」雲千千把從銘心刻骨那裡接到任務後的來龍去脈都詳細講述了一道，最後才總結道：「眼下我只能偽裝身分去見公主，但又必須讓她知道我是任務玩家。這點如果是情報堂的人去做的話就不稀奇了，情報探子嘛，經常隱藏身分是正常的，就算公主那邊也肯定能理解。」

混沌粉絲湯終於鬆了口氣：「如果是這樣子的話倒是沒問題，我現在就替妳辦入職。」

「不用筆試、面試、交保證金？」事情解決，雲千千也有了玩笑的心思。

「我說要，妳肯給？」

雲千千堅定搖頭：「果斷的不肯。」

「呸！」

不到三分鐘，雲千千的身分很快搞定，系統提示她加入一個新組織並收到新的包裹。她興匆匆的跑出去取出包裹後，得到一枚戒指，是戴食指的，戒面是菱形的，可顯示目前自己在情報堂的身分及許可權。這戒指和公會徽章一樣一樣的，不過人家是情報堂，所以形狀酷炫一點兒。

雲千千抓了戒指看了一眼，就是個普通初級成員，沒什麼出奇，可以自己獨自接買賣，也可以去天機堂找買賣，每月有業績標準，而且必須按月販賣幾條有用情報給組織……以自己領先兩年的先知先覺，這份兼職賺錢不是太容易……

戴上戒指，再興匆匆的跑回來接上九夜，雲千千氣粗膽壯的去見公主。

「這就是要來向我表白的男人？」公主氣勢凌人的坐在高座上俯視雲千千背後的九夜，打量幾眼後突然輕「咦」一聲，勃然大怒站起：「水果樂園的？」

隨著公主站起，旁邊士兵一個個舉起武器，嚴陣以待。

九夜也勃然大怒……瞪視身前雲千千：「妳剛才在外面到底說了什麼？」他終於意識到自己的名譽遭到了嚴重損害。

「公主消消氣，他是我們組織在水果樂園的臥底線人。」雲千千擦把冷汗，先不去管九夜，連忙安撫公主。

「你們組織？」公主皺了皺眉，雖然還沒消氣，但也揮了揮手讓士兵們放下武器，她決定聽聽雲千千怎麼說。

雲千千樂呵呵的抬起右手做神秘狀。「公主應該不會不認識這枚戒指吧？」

「……」她當然認識，圖書館是各處情報堂聯絡點的事情，沒有一個王室高級 NPC 是不知道的。這個所謂的秘密，只不過是針對玩家罷了。

而天空之城開設新情報堂，並且該情報堂還是由玩家掌握的事情，也早就在王室高級 NPC 之間流傳開了。別問怎麼流傳的，信鴿、魔法傳訊，但凡是想得到的辦法皆有可能……這就像新分店開業時，總店總會給老客戶發傳單促銷一樣。身為情報堂固定客戶的四主城王族們，每每都能得到最新的情報堂消息，無論他們正身處遊戲地圖中的哪一個角落都一樣。

「天機堂？」公主平靜下來了。身為一個有身分證的公主，她也知道情報堂成員們隱藏身分及四處安插探子的必要性。皺了皺眉，公主努力回憶下後遲疑道：「聽說是一個叫水餃魚翅羹的男人新開的，你是

天機堂的人？」

「……」胖子聽到自己的新名字的話，肯定會哭的……雲千千為遠方的混沌粉絲湯暗抹了把淚，點點頭：「是的。我是那裡的正式成員，這位玩家則是我下線的探子之一。」

「那麼你們現在來這裡是……」

「是這樣的，聽說公主最近可能會有許多想知道的資訊，所以我們老大本著顧客就是上帝的貼心服務宗旨，特意派我來向公主了解下，看您具體有哪些需求。」

雲千千笑得燦爛的跑上去，一副標準生意人的樣子向公主熱情推薦：「再加上我們天機堂剛剛掛牌營業不久，最近正舉行開業大酬賓活動，消息買十送一，達到一定消費額度還可以辦理 VIP 會員卡，參與積分兌換禮品活動。這一切只需要您拿起手中金卡，向我們瘋狂的提交任務委託就可以得到。您還在猶豫什麼呢？趕緊撥打我們的熱線電……呃，聯繫我們的服務人員吧。您刷卡刷得越痛快，我們消息也就提供得越到位。」

公主有點暈，臉紅吶吶道：「我、我最近資金周轉有點……」

「沒關係，我們也不是那麼沒有人情味的組織，您是老客戶了，其實我們很夠意思的，不管您能不能馬上拿出錢，我們都一定會做您生意……當然了，您最好還是簽一張借據……」

九夜在底下站著，完全被光芒四射的雲千千蓋得黯然失色。眼見上面的兩個女人似乎有一路歪樓到大非洲去的趨勢，九哥當機立斷的連忙上前拉了雲千千一把，皺眉咬牙：「說正事。」

「正事？」雲千千疑惑反問，接著才恍然大悟，刷出手令給公主：「對了，麻煩您把信物交給我。」

「這是什麼？」公主從被糊弄得昏昏沉沉的狀態中回神，接過手令看了一眼，爽快點頭：「行。」她說完從身上摸出塊信物，轉遞給雲千千：「手令我就拿回去存檔了……那個，你剛才說想打聽人要多少錢？」

「這關鍵得看那人重不重要了。如果是路邊的路人甲的話，隨隨便便給個幾金、幾銀算個跑腿費就成。但如果是有身分、有實力的蓋世英雄的話，想打聽到這等偉人的行蹤自然就要多給點，100、200不嫌少，1000、2000不嫌多……這個，您想打聽的是個什麼人物啊？」

公主當然不好意思把龍哥劃到路人甲的級別。在她心裡，這男人就是世界上獨一無二、最英俊、最偉岸的，於是咬牙道：「我給你1000金，能不能幫我打聽到龍哥的行蹤？」

「當然沒問題。」雲千千樂了，龍哥的居住地址現在就在她懷裡揣著呢，這錢來得不太容易了。「先錢後貨，您提交個委託，我馬上就去幫您辦。」

「1000金就1000金。」公主痛快答應，隨後壓低聲音，羞澀的補了一句：「你剛說了能簽借據是吧？」

任務搞定，拿下一單生意，雲千千把龍哥的地址傳給公主，轉頭就歡歡樂樂的帶著九夜及借據再及信

物回了地面去。

混沌粉絲湯坐著喝小酒都莫名其妙收穫一大筆信用點和聲望，疑惑之下自然傳消息跟雲千千詢問了一番。

知道對方在公主那的表現之後，他很是感慨萬分：做情報的人不光得有查情報的本事，還得有推銷情報的本事。此妞兼具狗仔隊及傳銷員兩者之大成，雖然行事風格很風騷，雖然卑鄙無恥喜歡使陰招，但這終究不算什麼。混沌粉絲湯相信，蜜桃多多只要有心留下來混的話，日後必將成為天機堂之腫瘤……嗯，中流砥柱……

回了銘心刻骨那，雲千千把信物一交，委託完成，3000金順利又進帳，順帶還加上公會聲望若干。銘心刻骨不在乎錢，只要任務完成就很高興了，感謝起來也是倍加真誠：「真謝謝妳了。」

「哼！」離騷人一貫的看雲千千不爽，但是當著九夜這個帥哥的面前，哼得還是靦腆了些，而且還有點臉紅。

「客氣客氣，有事儘管說話，只要開出價來，一切好商量。」

僱傭兵的生意其實也不錯，尤其這種難度的任務，對自己來說真就是跑跑腿的問題，連終極凶器九夜都沒來得及出場，這錢就像白撿的一樣……雲千千感動，很感動。這莫非是大家看著她窮得快賣身了，所以這才特意照顧她，慷慨解囊？真是好人啊。

「說到有事的話，最近還真有件大事，不過這回不是生意，是我想和你們合作。」銘心刻骨呵呵一笑，說道：「貴公會實力不錯，尤其有九夜兄弟也在，相信肯定比其他公會更要強悍些。」

「大事？」雲千千撿塊石頭坐下來，掏出小酒小菜，一副準備長聽的姿態，順手再拍一下旁邊示意，說道：「坐下說。」

九夜不客氣的走過來，順了壺酒在手裡，拎著到一邊小酌去了。

銘心刻骨好脾氣的坐過來：「我們傭兵團這次升級主要是為了爭取活動資格，海域那邊有動盪，有水族召集玩家勢力去平亂。現在消息還沒傳出去，我們去得早了的話，總能先撈到點什麼好東西。再過陣子，如果知道的人多了，僧多粥少就不一定還有油水了。」

「海域啊。」雲千千想了想：「你的意思是想找我合作？」

海域那片地方她熟，雖然以前去的時候看著怪少，但雲千千還真記得有過那麼一次活動，出來的都是60級以上的小怪。怪的等級還不算什麼，關鍵是數量多，一般勢力還真吃不下來。這本身就是一個刷給全創世玩家共同參與的系統活動，自然不可能像打怪區那樣隨便刷個三五成群就算了。那海平面放眼望去，說句魚山魚海都是客氣了。

銘心刻骨點點頭：「本來我們最初是想找落盡繁華合作，但是既然妳來了，找你們也是一樣的。水果樂園全隱藏種族的成員陣容可是在遊戲裡引起過不小的騷動……這件事情知道的人越少越好，不知道妳有沒有意向？」

「賺錢當然有意向。」雲千千興奮道。「我現在就去領任務再通知下去，你們什麼時候動身？」

「越快越好。我這裡早準備好了，一提升完團隊規模隨時可以過去，關鍵看你們……對了，領任務是在……」

「我知道、我知道，擱淺的小魚人那裡嘛。就這麼說定了，準備好了我就 Call 你。」雲千千不耐煩的打斷銘心刻骨的話，接著就抓起九夜刺溜一聲閃人。

只留下銘心刻骨呆呆的坐在原地，還保持著張嘴的姿勢：「……妳怎麼知道的？」

被詢問的人已然不見了，這個問題沒有人能回答他。

銘心刻骨回頭看看離騷人和青鋒劍，兩人也同樣回他一個茫然的表情。銘心刻骨想了想後，百思不得其解，終於放棄思索。

管她怎麼知道的，趕緊去準備任務才是真的……

「又是任務？我最近正打算組織人再拿塊駐地。」酒樓裡，彼岸毒草舉杯怔在原地。「那任務不能不做嗎？」

「說是任務，其實算是活動。我們不做，其他人就會去做，到時候此消彼長……」

「活動的話就不能不去了，除非我們是有其他什麼大型任務或副本。」彼岸毒草皺眉想了想：「可不可以叫上皇朝？」

「最好不要。」雲千千嘿嘿奸笑：「要慧劍斬情絲就別老是藕斷絲連的。你叫上皇朝是想讓唯我獨尊誤會你對他舊情未了啊，還是想讓我懷疑你是無間道？……小草草啊，你可千萬別告訴我，其實你身在曹營心在漢，隨時準備拋棄你的救命恩人我，而轉頭回到唯我獨尊的懷抱。」

彼岸毒草想了想，這事還真不能這麼幹。雖說他和唯我獨尊有舊交情，但公歸公、私歸私，水果樂園這邊發現的活動，本來就特意說了不想和其他人分享，結果他卻還眼巴巴的去把皇朝的人拉進來……這算怎麼回事啊？

遊戲裡，人的交際本來就複雜，兩個敵對幫中有一對好朋友經常私下交往，這也是挺常見的。但如果是身居管理階層的話，這意義可就不一樣了。

甚至嚴格說起來的話，如果雲千千和唯我獨尊哪一天真要有了什麼衝突，彼岸毒草還非得站在水果樂園的立場，衝皇朝捅刀子不可，誰叫他是副會長呢？誰叫這女孩在他落魄的時候收留了他呢？不說士為知己者死，起碼忘恩負義他是做不出來的。

「好吧，我現在就去召集弟兄們準備動……靠！我又沒說不付帳，妳跑個毛的單？」

搞定彼岸毒草這邊，雲千千拉著九夜直接踩窗脫逃，也不再去其他地方閒逛了，直接傳送陣一路刷到海邊小鎮。他們出了小鎮，左轉右拐疾跑一陣，最後在一片礁石群中找到擱淺小魚人。

「來人啊~有人來救救我嗎~」擱淺小魚人扶著礁石，不是很投入的扯著嗓子乾喊，有事沒事用尾巴拍下海水，一副百無聊賴狀。「靠，冒險者都踏馬的死哪去了，難道沒人看到老娘？」

擱淺魚人自然是由亞特蘭提斯的魚人族來扮演的，這片海裡除了他們以外，暫時還沒有其他混血雜交種族。

雲千千看著這臉好像有點面熟，再仔細一回憶，頓時樂了：「喲，妳怎麼上岸來了？」

「嗯？」擱淺小魚人聽到有聲音，漫不經心的抬頭一看雲千千，也激動了：「蜜桃大人啊，怎麼妳也來了？這荒郊野外、鳥不拉屎的……咦，莫非妳也是做活動來的？」

「是啊，正找著妳呢。別浪費時間了，趕緊把活動資格傳給我，回頭我幫妳帶點好吃的。」

小魚人也痛快：「那成。不過妳如果有空經過亞特蘭提斯的話，順便幫我捎個信回去，叫那邊派別的魚來接崗……踏馬的，老娘不就欠了 200 金賭債嗎？不要這麼欺負魚，老國王欠的比老娘多多了，怎麼不見把他發配來這片海發任務？」

「人家那是貴族階級，有特權的。」雲千千唏噓感慨的安慰小魚人。

當初發展亞特蘭提斯賭城時，這小魚人就是她的頭號粉絲。

那時的小魚人正值青春期，吸收知識異常的快，也十分容易受到周遭環境影響。在雲千千身邊前前後後跟著跑了一陣子之後，當其父母驀然回首時，卻發現小魚人儼然已經成了第二個蜜桃多多。

當然了，這僅僅是指言行方面。好在小魚人的雙親及時強制將她與雲千千做了隔離，現在除了偶爾口無遮攔、迷戀賭博之外，暫時沒發現其他和雲千千有關的陰險狡詐特質，本性勉強還算純良……

雲千千這會兒一看小魚人頓時倍感親切，多久沒見著這女孩了，還是那麼乖巧可愛，有自己當年的風範……

「對了，要活動資格的話，你們還得聽我說故事背景，我盡量長話短說啊。」小魚人乾咳幾聲，清清嗓子，臉上瞬間掛上一副愁苦表情，做出哀悽狀，開始講述了起來：「兩位冒險者啊，請聽聽我的請求吧，這片海域……」

「九哥，竹葉青、女兒紅、高粱酒、白酒，你要哪壺？」

「……啤酒沒有？」

「啤酒等我找找……有了。花生米、小魚乾、烤鴨、雞翅、羊肉串，要什麼？」

「雞翅。」

「哦，給你……這片地方不錯，我們坐這裡吧，你最近和小常常聯繫沒？」

「小常常？」

「就是無常。」

「沒。」

「哦，我跟你說，前陣子我去找過他BalaBalaBala……」

小魚人悽悽婉婉的敘述中，噪音不斷、不斷……忍了又忍之後，小魚人終於還是一個沒忍住，暴走了。

她從海中一躍而起，單尾支撐著跳了過來，邊跳邊吼：「踏馬的！給點面子行嗎？唧唧歪歪的還讓不讓老娘說了？給我竹葉青一壺……」

005 再回海底城市

雲千千見過小魚人之後，被勾起了對亞特蘭提斯的懷念之情。淳樸的魚民啊，好賺的賭金啊，當年自己只要一缺生活費的時候，就出去隨便找魚小賭一把，錢包裡從此從未斷過彈藥。雖然她現在暫時也不缺錢，但是沒人會嫌金子多。

想了想，趁著活動還沒開啟，趁著彼岸毒草還在累得口吐白沫、召集人手，雲千千手一揮，提取出船塢裡的船，率領九夜直殺亞特蘭提斯。

船隻航行到一半，水手們說話了……即便是玩家的船隻也一定要僱傭足夠的水手和航海士，畢竟要完全擬真。

為了照顧某些專業的玩家們航海破浪的浪漫情懷，這裡的船隻航行也設計得異常精密。志同道合的水手玩家們可以在遊戲中充分領略或者說練習航海技巧，互相配合和操作得越熟練，船隻航行得自然也就越快。而不會航行的玩家如雲千千等人，那就只好自己出錢錢僱傭 NPC 了。

「船長，再往前的話可能會有危險。」水手們憂心忡忡道。

雲千千兩輩子在遊戲出海都從沒聽到過這句對白，於是理所當然好奇的問道：「什麼危險？」

水手頓時閉嘴，謹慎的左右上下張望，還跑到船舷那去扒著看了一眼。

雲千千都忍不住想勸勸他不用那麼小心謹慎。你說你往左右張望也就算了，海裡還有什麼好看的，難不成怕有鯊魚偷聽你說話？還是美國特種蛙人？

「船長，這片海域最近有海盜出沒。」把自認為可能出現竊聽者的位置都檢視完一遍後，水手終於湊過來，壓低聲音道。

「海、盜？」雲千千一愣，繼而扶著腦袋，痛苦糾結：「等等，我有點不能理解你的意思。你說這附近有海盜，莫非是那種攻擊船隻、搶掠貨物，還跟旅客要求贖金才肯放人的海盜？」她有沒有聽錯啊，這個新興職業是什麼時候發展起來的？

「……我個人認為應該只有這種海盜才對，莫非您行走各大海域時還見過其他比較友好的海盜？」水手虛心請教。

「你傻了吧，友好的那不叫海盜叫海豚，如今一般只出現在各大馬戲團及海洋館中，有些出場走秀的身價甚至可堪比國內部分二線明星。」雲千千鄙視。

水手：「……」

雲千千這會很想衝回海岸把小魚人撈回來，問一下這個海盜是怎麼一回事。最關鍵是，她對海盜據點很有興趣，不知道這個職業興起之後做成了幾筆買賣，存款是否足夠豐盛……

由於雲千千沒有下達什麼特別命令，所以船隻還是只能繼續航行。水手們是有操守的NPC，不會僅僅因為害怕就反叛起義。即使是死蹺蹺，這也是他們命中註定的。

「船長，發現海盜群已將我們船隻包圍，看架式及武器，對方等人應該均為水系法師，擁有大規模殺傷魔法。」在雲千千的期待中，瞭望臺上的水手終於發布了警報。

包圍?雲千千在甲板中心環視一圈風平浪靜的四周海平面，隨即對上比出個中指：「謊報軍情是要扣薪水的，我保留扣押你福利的權利。」

「是真的，這些海盜們都是水族。」瞭望臺上的水手都快哭了。

咦，水族?雲千千一愣，趕忙跑到船舷處扒著往下一看，果然，船體周身都已經被一票魚人包圍了。打頭的還有一魚挺熟悉，赫然正是曾經輸給自己幾個兒子的酒館老闆。

「哎呀，原來是蜜桃大人。」魚人老闆也驚喜的發現雲千千，表情分外猥瑣：「真是巧了，我們正在

做生意，您要不要下來一起？」

雲千千倒吸口冷氣，瞬間崩潰。不是說這群魚人是驕傲的海族嗎？如今發展賭城不夠，居然還積極拓展副業，難道說一支純潔的種族終於就這麼毀在了她的手中？

「不好意思，說明下，你正做的這筆生意是我的船隻。」

魚人老闆哭道：「大人，我難得組團指揮一次行動，您忍心叫我無功而返？」

「嗯，讓你就這麼空手回去是不大好，但是讓我心甘情願被打劫也有點說不過去吧……要不這樣，還是老規矩，我們賭幾把，先賭人，再賭錢，賭到誰沒本錢了或者是主動認輸為止？」

「好。」

達成協議，魚人們登上船隻，笑嘻嘻的圍觀雲千千和酒館老闆的豪賭。水手們也把船停了下來，小心翼翼的參觀。

足足賭了一整天後，所有魚人再次拜服在雲千千的賭術之下，不僅賠掉了所有魚，還連帶口袋也被掏空。雲千千滿載而歸，水手們驚嘆不已。

……看到了嗎？那女孩洗劫了海盜呀……

在跟著魚人們返回亞特蘭提斯的途中，九夜對雲千千剛才的莽撞表示了不滿。

雲千千則不以為意：「首先，那魚人的賭技很爛，再加上他心理資質不如我，所以我跟他對賭基本上不可能輸。其次，就算輸了也沒關係，我剛才就講過了，賭到一方沒有本錢或主動認輸為止……如果水手們都輸出去了的話，我直接認輸就可以結束賭局了，大不了就是損失幾個開船的 NPC 。反正已經到了亞特蘭提斯海域，有他們、沒他們都沒太大關係……」

從一開始，雲千千就立在了不敗之地。她不怕輸，也輸得起，更擁有隨時結束賭局的權利。而魚人那邊每損失一個賭注，就是實打實的損失，不贏回來都不行。所以她心態好，再加上夠陰險，區區一個酒館老闆根本不是對手。

由此可以得到一個教訓，所謂公平的賭局是不存在的，與其在賭博中拚運氣，不如事先籌謀。

「蜜桃大人，國王聽說您來了，特意定在王宮中接見。我現在就帶您過去？」酒館老闆在雲千千身邊游來游去，一副很諂媚的樣子。

「我認得路，自己過去就行了，你去跟那些魚人家裡說一聲，叫他們拿錢來贖魚。不然小心我貼大字報，說你賭輸了賴帳，代表珊瑚和正義消滅你。」

酒館老闆淚流滿面。「大家關係那麼好，說錢就傷感情了。」

「我剛才在外面也被你們傷得不輕，怎麼也得給點精神補償吧？」雲千千道：「再說你們幹海盜買賣的，難道以前油水都沒撈足？」自己到亞特蘭提斯就是趁活動開始前撈油水來了，要是沒錢賺，她何必白

跑這一趟？

酒館老闆傷心離去。雲千千帶著九夜整整衣服，去見了國王。

國王對雲千千的到訪表示了不歡迎態度，更準確點說，這應該叫敵視更為恰當些。

「妳又來做什麼？」

一進王宮，雲千千欠了欠身還沒來得及說話，國王已經一聲大喝吼了過來，神情十分激動的樣子。

「嗯，我來……」雲千千抓抓頭，感覺這問題有點不好回答。自己就是閒著沒事了，隨便過來逛逛的，順便看看有沒有錢錢可賺，要說具體目的還真是沒有。可是看這國王的樣子好像把自己當流行霍亂，要這麼解釋肯定行不通。

「說！妳到底想做什麼？」國王咬牙切齒，一看到雲千千，他就分外火大。

「等我想想我到底來幹什麼。」

旅遊參觀？這理由肯定要被PASS。賭博賺錢，好像也不會太受對方喜歡。訪親探友……自己到底訪誰啊？……其實嚴格說起來，她應該是被抓下來的耶。

雲千千無奈看的看著國王：「是這麼回事，我本來是為海域活動而做著準備工作，探訪調查各處海域，沒想到貴城的魚人們太好客了，主動浮上海面，登上了我的船隻，和我賭了幾把，之後硬是把我抓了下來，說要讓我在這裡住上一段時間……」

國王吐了口血：「他們抓妳下來做什麼？」

是誰？究竟是誰那麼沒眼光的抓了這個災星下來？國王也是知道自己族裡有魚人喜歡做些沒本的買賣，貼補生計。自從賭城發展起來後，這裡的消費水準就增長了不少，賭輸或是工作收入少的魚人也不得不開展第二副業，這一點連他這個國王也沒辦法制止。

「這個，主要是他們欠我錢……」雲千千不好意思的羞澀道。死魚人非說自己身上錢帶的不夠，要下來準備贖金。這可不關她的事啊，要嘛在沉默中爆發，要嘛在沉默中破產。破自己不如破別人……她覺得自己的行為實在是十分光明正大又情有可原的，就是不知道為什麼世人總是不理解……

國王聽完理由後，呆呆注視雲千千十分鐘，然後說道：「無論如何，請妳遵守亞特蘭提斯的法令，既然是要債的，那收完錢款後就快走吧。」

一瞬間，國王像是蒼老了十歲。

「哦，那你發個手令給我吧，我去要債也方便點？」順便她看誰不順眼，還能踢兩個攤子玩玩……

「滾出去！」國王怒吼。

馬的，這女孩把亞特蘭提斯變成賭城還不夠，還想在這裡開設些什麼奇怪的組織嗎？

雲千千灰頭土臉的被丟出來。九夜倒是頗受優待，閒庭信步，沒人管沒人趕的慢慢悠悠的遛達跟上，在王宮門口順手把地上的雲千千撈起來，皺眉，拎著對方領子抖抖灰才問：「去哪？」

「香蕉的，隨便逛著先吧。」

雲千千帶著九夜走到酒館老闆的酒館那裡，正好看見一群魚人正把滿頭大汗的酒館老闆堵在中間，嘰嘰喳喳的說著什麼。嗯，料想是被輸掉的魚人家屬，慢慢溝通沒關係，反正她只要最後有錢拿就行。

「蜜桃大人，大人您快過來下。」酒館老闆在魚群中發現雲千千，如蒙大赦的扯開嗓子忙喊道。

「什麼事？」雲千千走過去問。

「是這樣的，這些魚們都表示自己的錢不夠，想要贖回自己的家屬怕是有些難度。」酒館老闆大汗淋漓：「您看能不能通融下？」

「國有國法，賭有賭規。我怎麼能徇私枉法？」雲千千大義凜然道。

酒館老闆湊上來，小聲道：「大人，我看還是想個別的法子吧。有錢誰還會去做那海盜的買賣？這些魚是真沒辦法了，有部分暴徒甚至表示，如果實在不行的話，就要強行挾持您解救魚質……」

雲千千汗，大汗，眼珠子轉轉，再大聲道：「當然了，國法不外乎人情，大家都這麼熟了，街坊鄰居的，撕破臉皮也不大好……這樣子吧，你們幫我做點事當抵消贖金？」

眾魚人一聽頓時歡呼喝彩。本來他們還真以為雲千千不會放魚了，沒想到人家心眼挺不錯。有魚人游來，連忙問道：「大人，那您到底要我們去做什麼？」

「嗯……就去採點夜明珠算了，你們這也沒其他值錢的東西……」

夜明珠是亞特蘭提斯這座海底城市的主要照明物。在深海區域裡，讓大家使火把顯然是不大現實的，日光、月光也透不下來；所以換句話說，夜明珠也就相當於亞特蘭提斯的照明電力系統。沒有了這東西，眾魚們只能當瞎子摸黑游泳……

當然了，這東西在玩家手中沒有什麼實用價值，但換個角度而言，卻是女性玩家們鍾愛的奢侈品，喜歡在遊戲裡當冤大頭的女人真不是一般的多……

雲千千一聲令下，欠債魚人們紛紛出動去挖夜明珠。資源稀缺什麼的顧不上了，眼前的利益總能蒙蔽魚人們的雙眼……至於說子孫後代怎麼辦？

香蕉的，兒子都快被人帶走了，還管得了孫子和孫子的孫子？

不久後，魚人族國王接到士兵報告，有魚人子民不顧開採條例，瘋狂挖掘夜明珠，再這樣下去的話，未來幾十年內，亞特蘭提斯的照明資源都將受到損害。

因為死水果根本沒說多少夜明珠能換回一條魚，而魚人們關心則亂，不管三七二十一就是一通狂採，寧可挖多不能挖少。有魚人士兵勸阻則立刻瘋狂反抗之，生怕這些士兵害自己家斷了香火。

國王震怒，震怒過後深深的迷茫，到底又發生什麼事了!?

006 魚人族VS離騷人

雲千千被驅逐出亞特蘭提斯的時候，除了贏來的賭金外，唯一的收穫就是一麻袋夜明珠。

她要夜明珠當然不是要著好玩的，也沒打算自己擺攤兜售。這麼多珠子，雲千千就算天天拿去和別人打彈珠都不一定敗得完。

主要是副會長大人有交代，既然打算發展公會了，再像以前一樣，一人吃飽全家不餓當然是不行。雲千千得找生路，得找工作，光靠坑蒙拐騙顯然是不夠了，她得當家定居，支撐起三百多張嘴……現在單是弄一個小傭兵團，人家都得發薪水給成員，別說什麼兄弟情誼之類的，要那麼多隱藏種族就為了一個天空之城或是義氣就跟著你，那根本是不可能的事情。

隨便去哪個網遊看看，裡面叫得上名字的幫派，哪家幫主不是為了養活弟兄砸了個幾千、幾萬的？再說了，你不養著人家、給人家薪水，等到了有事要召集人手的時候，誰理你啊！真以為是寫小說了，所有人都會被某某主角的人格魅力所感染，一聲令下，莫敢不從？現在水果樂園只有三百人，但等升級到一定規模後，再加上普通玩家，這數字得呈幾何倍數增長，幾萬、十幾萬都是有可能……

天空之城雖然可以收稅，但不可否認的是，這地方的商業指數實在是不算高。公會資金的來源一般有兩方面：一是公會從做任務的公會成員那裡抽上的任務報酬及手續費什麼的，二就是駐地收上來的商業店鋪稅金。

彼岸毒草倒是有心再多拿幾個駐地養著水果樂園，問題是這耗時不說，計畫起來還費事；等駐地真拿下了，軍備不足，也照顧不過來那麼多地盤。所以最好的方法還是在天空之城多弄幾個商業店鋪，而且最好還得是自己開的……

所以如此這般的，雲千千就光榮的投身到了走私事業當中，準備為自己的公會掘來第一桶金。

「妳真打算經營水果樂園了？」九夜聽完後頓時警惕。本來以為人家是玩票性質，結果人家是真有心發展，這公會要是真弄起來了，被雲千千一掌控、指揮，和恐怖組織有什麼兩樣？

雲千千苦惱道：「本來弄下天空之城後只是想隨便玩玩，結果程旭那小子塞了一個監護人進來，想貪汙都找不到漏洞。再來，小草又是事業狂人，想偷懶，人家也不幹……」人生無奈啊，她其實是挺淡泊名

利的一個人，為毛現在莫名其妙卻揹上了這麼重的擔子？

「唔……那麼說妳來亞特蘭提斯，本來就是打算好來敲竹槓？」九夜沉吟，開始考慮要不要申請長期臥底水果樂園。這事可大可小，他從來沒敢低估雲千千的破壞力和禍害性。

「話不能這麼說，我一開始來的目的真的挺單純，就想著考察一下，看看一個純潔的城池改頭換面後有沒有發展潛力。畢竟你也知道，天空之城和以前的亞特蘭提斯差不了多少，至於後來……」後來那不是順手嗎……雲千千嘿嘿乾笑，摸摸鼻子說不下去了。

有預謀犯罪和衝動型犯罪有什麼區別？

雲千千認為沒區別，犯罪就是犯罪，比如新聞裡常出現的囂張小開，酒駕肇事逃逸也就算了，居然還倒車回來再把受害者壓上幾回。可是人家命好啊，何其有幸能碰上捨己為人、腦袋被門夾過的盲目聲援者，還一碰就碰上一群，哭著喊著幫人家聲援聲明，被潑屎潑尿打小人也在所不惜……

雲千千就非常希望也能遇著有人幫她發表個蜜桃純潔論什麼的。想出名的人都愛反人類，所以她覺得自己這個願望應該還是有可能實現的，就是得等……

彼岸毒草拿到夜明珠後，不知道是該哭還是該笑。

如果是一天前，雲千千把這批貨拿出來的話，他還能找個不錯的買家，或者安排些可靠的人手進行投

資；問題是，現在在忙活動了，誰還有空管這些雞毛蒜皮？

「我叫妳去找商店貨源，沒說讓妳現在就把貨陰來。而且這麼一大袋夜明珠，還都是沒加工的……莫非妳想開珠寶店？」彼岸毒草頭大的看了眼屋角堆著的麻布口袋，不確定這麼多珠子該放哪裡才好。

雲千千想了想，也確實不能把珠子就這麼直接賣出去，沒雕沒琢沒加工，難道真叫人拿去打彈珠玩？

「這樣吧，我記得精靈不是號稱美的代言人嗎？他們那應該有幾個工藝大師，我先把東西拿去加工。你趁這段時間找幾個專攻生活職業的玩家，實在不行自己培養幾個也行。」

「那加工費得不少吧？」彼岸毒草吸口冷氣。

「開玩笑呢，本水果帶去的東西他們還能跟我要加工費？」就算要也堅決不給，大不了自己賴帳，反正精靈族長不敢跟她翻臉……呃，不對耶，現在自己手上一沒把柄、二沒威脅，新仇舊恨下，精靈族長未必還會那麼聽話。不然就綁架？

彼岸毒草現在只消一眼就大概看得出來雲千千在動哪些歪腦筋。不過他已經習慣了，至少這女人還是肯聽自己講話的，比如自己提了開店賺錢，人家就上心弄了貨源，不然她要真放手不管，自己也是沒辦法……行了行了，能到這一步，彼岸毒草已經很知足……

「人手召集得差不多了，去精靈族的事緩一緩，好歹等人家把落腳點先建設起來，回頭活動完了我陪妳走一趟……現在最關鍵是，活動什麼時間開？」彼岸毒草嘆口氣問道。

活動。

「等我問問。」

消息傳出，銘心刻骨還是老話一句：我們隨時可以出發，你們的人什麼時候過來，什麼時候就能開啟活動。

雲千千率領九夜，彼岸毒草率領水果族，一大群人浩浩蕩蕩的集結於海邊，手一揮，轟隆隆的集體前往擱淺小魚人的所在。

擱淺小魚人一見雲千千就拋棄其他人，歡快的衝過去和人聊天八卦、狼吞虎嚥，一小時後終於在眾目睽睽之下酒足飯飽，意猶未盡一抹嘴，揮手開啟活動。

系統通知：各海域最近有變異魔獸肆虐，因為……所以……於是海族做了一個艱難的決定，向眾玩家求助，希望……本次活動時間為半個月，請各位玩家們在海域集結，積極搏殺魔獸。每殺一隻魔獸除經驗、道具外，另可獲得活動積分一點。相應積分可在各主城城主處兌換神秘禮品一份，甚至有可能獲得建幫令……

平靜的海平面一剎那波濤洶湧，無數水族小怪探出頭來，密密麻麻的幾乎擠滿了眾人眼中所能看見的整個海面。

雲千千吐血，抓住小魚人的尾鰭不讓她偷跑。「給老娘講清楚，為毛會有系統通知？」

「這個，本來是沒有的，可是你們開啟活動的人數還不到一千，按規定，這點人全塞進海裡也只夠填牙縫，所以……」小魚人為難道。

銘心刻骨苦笑。「算了，蜜桃，這麼大的活動要真是被我們兩家獨占的話，我也覺得有點想不通。不管怎麼樣，我們現在總比其他人有優勢，其他公會傭兵團想來還得先召集人手、準備藥品，散兵游勇面對大批怪潮根本就沒有還手之力。」

「怕了就明說。」離騷人就簡單明瞭得多，翻了個白眼，很不友好的說道。

雲千千舉手威嚇：「雷咒！」

離騷人眼明手快身體棒，一看人擺姿勢就不屑哼聲，迅速往旁邊一跳……大家都是站在礁石上，幾個幹部的位置又相對比較靠前，身前是小魚人，身後是數百個兩團隊成員，雲千千喊了這麼一嗓子，雷咒沒下來，離騷人倒是先從礁石上跳下去了……她沒算好落腳點……

「撲通」一聲，海裡的離騷人短促的尖叫了一聲，只「啊」了半嗓子，就被蜂擁而至的小怪們咬成了白光。

銘心刻骨：「……」

青鋒劍：「……」

「我就想嚇嚇她而已，沒想到她身手這麼敏捷。」雲千千覺得自己很無辜。

「……沒關係，意外罷了。」大局當前，表情僵硬的銘心刻骨也只能擠出這麼一句話來。順手切斷通訊，把離騷人的謾罵詛咒以及要求為其報仇的哭訴切斷在另外一端，銘心刻骨想哭了。

系統公告出來了，全創世人民都聽得到。

一葉知秋和龍騰當然也不例外，兩個大公會會長火速通訊聯絡，首先對這一事件表示了驚訝，在知道對方都不知道有活動的消息後，隨即釋然。他們都怕是對方把自己撇下去弄的事情，現在一看還好，只要對方這個大勢力沒動，其他小魚小蝦自然不成威脅。

約好一起召集人手開進海邊，到地方視小怪分布再劃線分區之後，兩個公會會長都連忙布置去了。

唯我獨尊沒人聯繫，有人聯繫他也不理，直接一個消息傳到了彼岸毒草那去。果然不出所料，在彼岸毒草那裡，唯我獨尊第一時間得知了本次活動竟然是由水果樂園和一個小傭兵團聯手開啟的，頓時大感驚訝。他驚訝的同時，失落自然也是不可避免的。他就不明白了，幾年的兄弟情誼，難道就因為一個風起的哭泣，彼岸毒草就真要不管他了？

以前別說這麼大的事件，就算是有個小小的風吹草動，彼岸毒草也是第一時間就立即告訴自己的，現在真是轟出去的副幫、潑出去的水，轉眼就成人家的人了……唯我獨尊傷心嫉妒恨，恨完還得謝謝人家友情告知，黯然安排人手準備刷活動……

遊戲之中風起雲湧，各地圖諸侯豪傑開始吹響集結號。雲千千和銘心刻骨卻在礁石上站著研究地形。看這樣子，想殺到中心去有些太困難了，而且不保險。藥品供給先不說了，萬一中途死掉些兄弟，復活後，人家根本就沒辦法集合重返到大部隊旁邊。現在人少怪多，只能在海灘區域打打秋風。

定好刷怪方針，兩位領隊分別指揮手下弟兄們抱成團隊，在海邊發起了衝鋒。

雲千千和九夜一個隊伍，她先刷出閃電電翻一片，九夜匕首再出，衝進去放個範圍技再加一陣收割，最後隊伍中的其他人收拾殘局，集中轟炸血防尤其變態的部分魚蝦。一輪配合下來，異常流暢，小隊效率奇高，只要及時抓住有迷路奔向怪群中心傾向的九哥，活動刷怪基本上沒有什麼困難。

九夜加雲千千的組合向來強悍，遠攻近戰物理法術一聯手，威力無比驚人。雖然以前的九夜一個人就可以放出全系技能，但兩人聯手總比一人強。

這就像小龍女學了左右互搏之後，可以一人使出玉女那什麼劍一樣。最首先，武器可以裝備兩把；再其次，屬性殺傷按兩人份算上……如果不是她春心寂寞，楊過其實基本上沒有出鏡機會。

正在雲千千和九夜聯手殺得驚天動地之時，突然耳邊響起隊員的驚慌呼聲。

「隊長，隊長！」

她回首一看，自己隊的另外三人正在海中沉浮，一邊撿拾海面漂浮之戰利品的同時，一邊拚命向自己這邊游來……咦，游來？

雲千千後知後覺的發現自己腳下已踩不著底，這代表她其實已經脫離了海岸範圍，正式進入到深海區。遠處四面八方是密密麻麻的怪，她身邊剛被清刷出的空白區域則只見得到自己及九夜再及另外三個隊員……天空一片蔚藍，海面一望無際，地平線在哪裡？雲千千很迷茫。

「隊長，我們迷路了。」隊員們終於撿完所有物品游至雲千千身旁，一靠近就嗚咽傷心的通知了雲千千這個不幸的消息。

「怎麼會？」雲千千憤怒回首看身邊九夜，自己明明每次都已經把這人拖回來了，為毛還會莫名其妙跑進海裡來？

「料想是因為妳每次抓回九哥以後都沒特意跑回原位置，一次偏一點，一次再偏一點，最後量變終於引發質變……」隊員們生怕得罪九夜，嚥了嚥口水，盡量用委婉的解釋說明這一切。

這就跟溫水煮青蛙一個道理，雲千千最開始拖九夜回來，沒跑回原位置，隨意選了個最好發揮的落腳點，那時只是走進海水。之後她再拖人回來，又選個落腳點，那時海水可能只淹小腿……接著沒過膝蓋，沒關係。淹過腰際，無所謂。蔓延至胸口，將就吧。游起來了，還湊合……就這麼一點一點又一點，等到眾人驀然回首時，卻發現已是夢裡不知身是客，海岸更是別時容易見時難……

「靠靠靠！」雲千千抓狂。怎麼會這樣？是九夜太強悍還是自己太輕敵，早知道對方迷路本領強大，

從來都是自己力挽狂瀾，沒想到這次倒是終於把自己搭進去了。

眾隊員哽咽：「快想想辦法吧，隊長。剛才沒注意，現在才發現在海裡回血、回藍速度不如岸上，再不回去的話，我們這藥品消耗可是太大……」

「靠靠靠靠！」雲千千瀕近暴走邊緣。難怪剛才開始她就發現自己離不開藍瓶了，本來還以為是自己難得勇猛，殺敵太過投入，沒想到是MP自動回復速度減慢……

在一望無際的大海上，沒有羅盤、沒有六分儀，只有一個可供參考方向的太陽。雲千千很難僅憑這一切判斷出自己這會應該往哪游。雖然說地球是圓的，只要方向筆直且堅持就一定能找到陸地，但她沒那耐心去驗證這一個理論。

於是略一思索之後，雲千千果斷決定求援，希望彼岸毒草或銘心刻骨能召集個海難搜救隊來拯救自己……正好那銘心刻骨不是有錢人嗎？想必買一兩艘艦隊出海應該不成問題。

收到雲千千的群發消息後，銘心刻骨果然很夠意思，秒回消息：「等著，馬上買船。」

雲千千心中甚感欣慰，一邊和隊員們及九夜繼續刷怪，一邊等待銘心刻骨的艦隊出航，順便翻看其他人傳回來的消息。

聽說雲千千迷路的消息後，各公會及大、中、小傭兵團團長紛紛發來賀電。

龍騰——救妳可以，把水果樂園合併過來？

落盡繁華──恭喜恭喜，好好玩。

海哥──蜜桃？好久不見，最近去海上發展了？對了，小雲又回來了，妳快來幫幫我吧……

晃哥──妳也在活動？

彼岸毒草──記得記錄地圖，回來以後順便帶九夜到我這裡來一趟，海灘刷出個 BOSS，有點棘手。

其餘眾好友甲、乙、丙、丁……

發現沒一個人為自己的迷路而感到震驚和焦慮，雲千千深感失望，好在還有一個銘心刻骨是厚道人。

撇撇嘴關掉通訊器，雲千千望眼欲穿的開始期盼遠處出現船隻的影子……

二十分鐘後，承載了雲千千所有期望的銘心刻骨消息又至：「三角帆、方帆、斜帆哪種好？」

雲千千吐血：「如果可以的話，你可以都綁上。」

「哦。」銘心刻骨那邊應了一聲，接著沉默一分鐘後又傳消息：「我買了魔法能動力的，魔石動力的，不用帆。哦對了，妳覺得要小型巡航艦還是大型豪華郵輪？船塢老闆跟我說弄艘漁船比較實用……」

「……大哥，你挑最貴的買肯定沒錯。跟那老闆說，有什麼現船就拿什麼現船，順便幫我帶句話，告訴他如果十分鐘內你不能出航的話，我回去第一件事就是燒他船塢……什麼？問我是誰？跟他說我是第一個找他建船的客戶！」

香蕉的！切斷通訊後，雲千千依然氣憤難平。

這是報復嗎？雲千千覺得銘心刻骨應該沒有那麼深沉的心機。好吧，她也承認活動前害離騷人失足落海的事故，是她瞅準了對方只有那個落腳點才故意設計的；但就算這樣，銘心刻骨也不可能在這種危急時刻故意要她吧？這小子要是真有那麼腹黑陰險的話，以前也就不會被離騷人和青鋒劍欺負到一無所有後再黯然失蹤了。

難道這傢伙的隱藏屬性就是傳說中那已瀕臨絕種的憨厚老實？……嗯，不過話又說回來了，她都和銘心刻骨囉嗦這麼久了，尤其銘心刻骨都開始買船了，難道離騷人竟然那麼大方的不作阻止？

有古怪，絕對有古怪。以蜜桃之核度騷人之腹的雲千千開始陰暗化……

雲千千想得沒錯，離騷人當然不甘心看銘心刻骨掏錢買艦隊去拯救那顆無惡不作的水果。但是在和雲千千幾次交鋒之後，離騷人也學乖了，她現在學會了隱藏情緒，即使再討厭某人，也不願為了討個口頭便宜送上門去給人洗刷刷了。

要做什麼不用明著來啊，我不說不救妳，但我囉嗦一會，拖拖時間總行吧？偏離航道，不小心開到其他地方去總行吧？只要自己在船上指揮著，一切皆有可能……

離騷人率領若干水手及護船的刷怪打手兄弟們登船，站在船頭處得意非常。

「隊長，隊長，快看啊！」汪洋大海中，雲千千隊伍裡的人又開始大喊。

雲千千正忙著抓回九夜，聞言趕緊回頭鬱悶問道：「又怎麼了？」

「那邊有魚人！」隊員說不上是興奮還是驚訝，指著不遠處一神秘出現的浮游小島驚呼。

魚人？雲千千順著隊員所指方向一看，果然在數百公尺之外見到一群魚人歡樂的圍坐在一片幾幾十公尺見方的疑似陸地上，正在打牌擲色砌長城。

「靠！補給站啊，快上！」

雲千千抬手，一片天雷地網刷出，抓著九夜就朝那邊游去。

其他三個隊員一愣，之後連忙跟上。

魚人們很快發現了這邊的動靜，尤其在發現雲千千之後更是興奮，拋下賭具，熱情的朝這邊揮手致意，同時驅使海龜向這邊靠近，與雲千千會合。

有過活動經驗的雲千千當然知道那是什麼東西，海域活動中，魚人族的魚人們出動了十幾隻碩大海龜，托起魚人族的商人們在怪群中游走，給玩家們充作臨時落腳點及藥品購買、武器修理等用，其性質基本上等同於發戰爭財的軍火販子。

雖然價錢比在岸邊的海邊小鎮中昂貴了許多，但是正因為有了這些海龜補給站的存在，玩家們才能得以在浩瀚的大海中更加深入的戰鬥。

「你們什麼時候來的？」終於全隊登上海龜甲背後，雲千千打眼一掃，居然全是熟人，都是前陣子圍了自己船隻想打劫的那群海盜敢死隊成員。帶頭魚竟然依舊是那個酒館老闆，現在他臨時改行，推出小攤販賣起包子、麵條來。

「呵呵，大人餓了嗎？要不要來碗麵？小店麵食便宜，保證量足一定飽。」酒館老闆興匆匆的滑過來，手腳俐落的不知道從哪搬出五個板凳給雲千千小隊成員坐下，接著再刷出一個桌子擺五人中間，非常專業的手搭毛巾招呼客人。

「你請客？」雲千千看了酒館老闆一眼。

「靠，我是買賣人，不是開施捨站的，妳……我請就我請。」酒館老闆剛一砸桌子放話，突然想起眼前人的厲害之處，頓時萎靡收聲，話風急轉，精神不振的退下去，不一會就端上五份海鮮麵來。

小隊成員頓時對雲千千驚若天人……看到了嗎？這女孩在打劫 NPC 耶……

「快吃，吃完繼續刷。」雲千千把一碗量足湯多的麵擺九夜面前，再抓了一份到自己面前，從桌上抽雙筷子招呼眾人。

「嗯，哦……」

三個隊員頭一次跟著人吃霸王餐，表現還比較羞澀靦腆。羞愧的各自取了筷子和麵碗，很不好意思的跟大家閨秀般安安靜靜的吃起麵來。

反觀九夜就比較放得開了，說吃就吃，半點沒有心理壓力。這主要和長期的鍛鍊也有關係，跟著雲千千混久了的人，雖然不能說沒臉沒皮，但是接受能力總還是能得到長足的進步……

「對了，順便幫我把法杖耐久修一下，再來二十捆中藍……你們這有倉庫使者和回收破爛的吧？我還得賣點東西再順便存點東西。」雲千千一邊吸溜麵條一邊順口問旁邊那群魚人。

「有有有，都有。」一條好像是工匠的魚人連忙游來。「至於這個價錢……蜜桃大人當然是免費。」

雲千千一個眼神掃過去，就讓人家話說一半突然改口，單從這一點就能看出雲千千在魚人中的聲望之高或者說臉皮之厚。大家一般都不愛和她囉嗦，早點把人打發走也好早點了事，不然人家使起陰招來，自己可是抗不住。

有系統法則的存在，海龜背上是絕對安全的。小怪們都不來打擾這些魚人商人們，雲千千小隊得以平靜的吃完麵條，補給完畢，收拾收拾空間袋後，五人再次整裝待發。

「不許把海龜開走啊，就在我們後面跟著。敢走的話……」臨下海前，雲千千突然轉頭丟來一句威脅。圍在一圈正在商量趕緊離開這片海域的魚人們頓時一起淚流滿面：「當然當然，我們保證不走……」

沒有了後顧之憂，也不用再急著等待銘心刻骨的救援艦隊，九夜充分發揮了他暴走的實力，一改雲千千指揮他跟打的作風，在海面上一通橫衝直撞。小隊碾壓過處，只見魚屍遍布海平面，一眼望去即知收穫斐然。

三個隊員基本上沒有其他事情好做了，專門坐海龜上負責打撈戰利品，順便監視魚人們把海龜開著跟九哥走。

這一片臨時的安全社區，甚至還幫雲千千和九夜斷絕了腹背受敵的困擾，讓此二人得以盡情發揮……

距活動開啟也有幾個小時了，除了團體組織的掃海大軍外，另外還有沒加入的團體勢力，更甚至如雲千千小隊這般打著打著就不小心脫離大部隊的散隊。

在其他海域見過海龜補給站的人早已把這消息傳開，只是想碰到補給站卻是要拚運氣的。畢竟海面這麼大，補給站卻只有十來個，這就跟中樂透一樣。

海面上，一支幾近彈盡糧絕的迷路小隊正在頑強廝殺，突然發現遠處有一浮游小島般的海龜補給站。隊員連忙報告隊長這個消息。

隊長欣喜轉頭，果斷下令：「大家準備，剩下藍藥該用的都用上，爭取最大速度……衝啊，跟我一起殺過去！」

一聲令下，小隊五人排開陣形一陣狂游。有海龜補給站在前方安定人心，大家喝起藥來分外豪放，再無半分節約意識，開出最大火力在怪群中廝殺。

近了，又近了，眼看離海龜只有數百公尺距離，小隊長一陣欣喜。可就在這時，海龜補給站突然有了

動靜，緩緩在海面中開始移動了起來。

「再加快速度。」小隊長紅著眼下令，順便安慰眾人：「不怕，玩家們研究過了，為了照顧玩家的補給需要，這些補給站的平均移動速度都慢，普遍不超過十碼，連自行車的速度都比不上，只要我們……」

小隊長話沒說完，突然就見海龜速度飆升，如火箭般在短短數秒內完成從起步到提速的切換，划出兩排水花，快艇般開走，暴走的消失在小隊眾人的視野之中。

小隊長：「……」

眾隊員：「……」

藥品已經消耗殆盡，小隊伍正式宣告彈盡糧絕，再無還手之力的被重新聚攏刷出的小怪們撕咬成白光，含笑九泉。

雲千千小隊的弓箭手坐在龜背上，開鷹眼指揮魚人：「快點快點，隊長和九哥快沒影了……馬的，牧師，下次選擇性打撈，別想著把所有東西都撿上好不好？首先這破爛多不說，再次也耽誤時間，萬一隊長和九哥游不見了，到時候我們怎麼辦？」

體力沒有了，雲千千和九夜重新爬上海龜的背上吃麵休息，準備以充沛的精力迎接下一波的刷怪行動。

酒館老闆殷勤捧上麵來，還順帶一壺上等好酒。趁著雲千千大吃大喝的空檔，收到眾魚人眼神示意的

酒館老闆連忙湊上來和人商量：「大人，我們已經跟了您挺久了，老這麼下去也不大好，畢竟國王派我們出來都是有目的的，從浮上來到現在我們這個補給點一筆生意都沒做成……要不，我們把您幾位送回岸去？」

雲千千白了一眼酒館老闆。「反正你們是隨機遊盪，跟我們遊盪和自己遊盪有什麼區別？別以為我不知道你是心疼那點麵錢……回頭在其他玩家那提個價不就全回來了」

「問題也要我們遇得到其他玩家啊。」酒館老闆想哭，他們是可憐小百姓，這水果就是天煞孤星，走哪裡都是只見怪不見人，註定孤獨一路？

「那邊有船。」埋首麵碗的九夜突然抬手指向某方向。

「別開玩笑了，大哥，這荒海島外的哪來的船……咦，真有耶！」酒館老闆本來是漫不經心的掃一眼過去，沒想到當真發現船隻，而且不是一條兩條，是整支艦隊。

艦隊上密密麻麻的都是玩家，顯然已經發現了補給小站，更顯然他們都急需補給，正在積極努力的全速向這邊靠攏，還大聲吶喊著，生怕補給站消失不見……

大生意！酒館老闆全身顫抖，激動得莫可言狀。

「蜜桃！」艦隊旗艦上當前站著的就是銘心刻骨，一看自己找了許久的蜜桃多多正在補給站上悠然吃麵，頓時激動的大喊招手。

剛才艦隊在海面上一通遊盪卻始終沒到達救援座標，銘心刻骨心中羞愧難當，咬緊了牙關，不敢傳訊息出去丟人現眼，只吩咐艦隊加快航速，不惜代價，消耗再多魔石也要儘快找到人……

他本來還以為自己肯定是趕不上了，只能在海上邊刷怪邊等待蜜桃多多復活的消息和責問的通訊。沒想到天無絕桃之路，人家不僅沒事，而且看起來活得還挺不錯的，瞧那一身裝備嶄新，瞧那臉色紅光水潤，再瞧那一嘴油光……

咳，離騷人站在銘心刻骨身邊，心情則是和後者截然相反。她幾次偷竄到船長室去，假傳命令，趁人不注意的時候讓NPC往偏僻了開，為的不就是想拖延時間，讓某人葬身大海嗎？沒想到禍害遺千年，這水果就跟打不死的小強一樣，這麼多小怪居然都沒能解決了她，最後還讓她找到像是中樂透般難得一遇的補給站？

離騷人心情起伏，臉色也起伏，萬千愁苦積鬱胸中，在這萬馬奔騰、百爪撓心、委屈不堪的時刻，除了一個「踏馬的」以外，她再也想不到其他能代表自己心情的詞語了。

「大人，是您熟人？」酒館老闆聽到銘心刻骨喊話，頓時惶恐了，轉頭問雲千千。

「嗯，熟人。」雲千千看了眼銘心刻骨，再看了眼其身後臉色難看的離騷人，臉色不變，壓低聲音偷偷囑咐：「儘管宰沒關係，不用看我面子。」姐姐擅長的就是殺生宰熟，一個都不放過。馬的，別以為她沒猜出來是那小騷在跟自己玩心眼……

酒館老闆鬆了一口氣：「那就好辦。」本來他還怕宰了這幫玩家會讓雲千千不高興，不過現在看起來，這些人和這位老大之間好像也沒那麼和諧……

雲千千隊中的三名隊員打了個冷顫，把頭埋得更低，拚命吃麵，一句話都不敢說。

九夜淡定喝口湯，聽若未聞……

艦隊終於靠近至海龜補給站，眾玩家紛紛踴躍登上，突如其來的巨大人潮居然將向來穩定航行的巨大海龜都壓得一沉。

「一艘船一艘船的來，別都一起登上啊！」酒館老闆生怕海龜沉沒，連忙大聲招呼。

銘心刻骨從激動中平復過來，知道雲千千沒事，也就不急著先去打招呼，自覺的幫忙疏散人群，讓其他人先在船上等候。

海龜終於重新浮上，幽怨的巨大頭顱轉過，鬱悶的看了眼眾玩家再回過頭去，神色黯然……

「哼！」離騷人看也不看雲千千，不滿的頭一昂，從人群中走出，趾高氣揚問道：「賣藥的是誰？」

藥商魚人滑出，呵呵笑道：「是我，小姐要買藥？」

「嗯，給我來二十捆大紅，再來十捆中藍……多少錢？」

藥商魚人的眼皮子垂下，悄悄看了眼雲千千，算盤一陣扒拉後爽快報價：「承惠 25 金。」

「哦，2……靠！三捆藥 25 金你怎麼不去搶？」離騷人暴走了。

藥商魚人一聽，刷一聲把拿出的藥再塞回去，依舊笑呵呵，一副和氣生財模樣。「您也可以不買。」

離騷人咬牙，權衡一下得失，在得到掉頭回航成本將會更大的結論後，終於不得不妥協：「行，我買！」

眾玩家紛紛譁然，沒想到物價在補給站居然會提升了十倍不止，這個成本可是太高了，戰爭財竟然是這麼好發的？

當然，所有人也都會算帳，知道想為了節省幾十金再回海邊買藥是十分不現實的行為；再說，這一來一回也是得從怪群中殺過去的，中途萬一因為彈藥不夠而葬身大海的話，這損失又該怎麼算？

幾十金和一個等級比起來，究竟哪一個更為划算？眾玩家心中都有答案。

於是，繼忿忿然買完藥離開的離騷人之後，又一個玩家艱難開口：「我……給我三十捆紅。」他說完，低頭認命掏金幣。

「三十捆紅，承惠90銀。」藥商魚人笑呵呵的遞出三組大紅。

「哦，90……咦，90銀？」玩家捏著30金傻在原地。

離騷人還沒走遠，聽到這話先是一愣，繼而氣得渾身顫抖，怒氣沖沖分開人群衝回來質問道：「你什麼意思？」

「呵呵……」藥商魚人還沒說話，旁邊的雲千千已忍不住笑出聲來。見到大家都轉頭看自己，雲千千

不好意思的抓抓頭：「這麵味道不錯，大家嚐嚐？」幹得好！回頭她得好好誇獎誇獎這藥商魚人。

藥商魚人聽到雲千千笑聲後心中大定，知道自己做對了，膽氣十足的笑對離騷人：「您也可以退貨。」

「我……我退貨！」離騷人氣急敗壞的砸回藥組。

「回收破破爛爛藥品三組，回收價7銀50銅……」藥商魚人老闆唱價。

離騷人吐血。

007

偷

是個人都看得出來，魚人是衝著離騷人去的了，但是誰都拿不出一個說法來。

NPC是能講理的嗎？很顯然不是，人家屬於遊戲中的正式本地土著，有各種福利優惠以及糊弄玩家的合法權利。而玩家們頂多屬於玩僑，詞義解釋可參照華僑……所以玩家們混得再好也不可能頂得過人家一等公民的身分，除非心黑手毒如雲千千這樣子的，不然很難在NPC那討到什麼好處。

一番安撫後，離騷人始終嚥不下這口氣，最後銘心刻骨只好安慰對方，承諾她買藥花了多少錢全由自己報銷，才總算是把這件事給揭過了。

要問為什麼銘心刻骨或其他人不直接幫離騷人代買藥？這問題還得回到NPC的智慧性上去。所有NPC都

不是傻子，要真被發現個什麼蛛絲馬跡的話，沒準人家不單整離騷人了，直接全面提價？或者再狠一點，賣你一個綁定，只限本人使用藥品？……沒人敢冒這個險。

吩咐魚人補給小島跟住艦隊，登上船隻後，雲千千也終於能過上腳踏實地的生活了。

在怪潮洶湧的海平面中能有艘船艦真是件不錯的事情。只要武裝得夠堅韌，再配上一名技術夠精湛的船工的話，船隻艦隊基本上就相當於一座小型移動要塞。魚蝦們上不來，只能圍在船身周圍，遠程玩家們順次輪班往下面砸魔法就可以了。一組人後面配一個牧師，時不時關照下血條……之後就可以喝果汁曬太陽，在日光浴下享受經驗刷怪的快感。

但是能有船隻的玩家畢竟是少數，首先一艘船很貴，其次一艘防禦武裝足夠堅韌的船更貴；更別說小怪們偶爾從法術覆蓋網中衝過來，因此撞擊船底造成的破壞條必須由船工來修補，這就又得算上修理費、材料費……

銘心刻骨的海難搜救艦隊從開出海港到現在，光是動力魔石和修理費用就至少砸進去了幾百金幣，要換一個身家不那麼豐厚的人過來，沒準這會連咬舌自盡的心都有了。

「小草沒跟你們一起來？」

蹭著經驗曬了三個多小時太陽，小睡一覺起來的雲千千終於後知後覺感到了無聊。所有人都在忙著刷怪，沒有人陪她說話……這樣的日子好生寂寞。

銘心刻骨回了個頭走過來。「人太集中了，分到的經驗少，他們把海灘那片包下了，順便籌集人手推BOSS。」

「BOSS？」雲千千慚愧，她還真忘記彼岸毒草還跟自己說過這事了。「我回去看一眼。」

身為一個會長，雖然雲千千混了點，但某些時候還是很願意以身作則的，而且最主要是BOSS一出，必掉精品，她得去瞧瞧有沒有自己能用的東西……

銘心刻骨這裡的人最後一次大肆採購藥品、食物囤積起來之後，雲千千跳上龜背，一路直殺海岸而去，提速再提速之下，不到半小時就看到了陸地輪廓。

海岸線上，散兵游勇的玩家們很多，畢竟不是每個人都有下海面對無數怪潮的勇氣。據守一方，集中火力後，即便是普通玩家小隊也能保證一定的安全性。

魚人們駕駛的海龜大巴士很快被發現，一個小隊玩家首先注意到這個奇觀：「哇！龍宮龜丞相。」

「屁，上面有人，明明是蒲島龜太郎。」

「少丟人了。」隊長聽不下去，出面呵斥：「那是魚人族的海龜補給站。」

海龜補給站？那不是大海裡的東西嗎，上岸來幹嘛？難道說魚人族打算對海邊小鎮做對外出口貿易了？眾玩家一起茫然。

雲千千在萬眾矚目下登上海岸，揮手與魚人補給小站告別後，一抬頭就發現了周圍人在盯著自己竊竊

私語。

不自覺挺起胸脯，再整理下衣服，雲千千隨手抓過一人和藹問道：「請問下，水果樂園在哪裡刷怪知道嗎？」

「水果樂園？」被雲千千抓住的玩家倒吸口冷氣：「妳是說那個最近新崛起的恐怖組織？」

雲千千滿頭黑線尷尬道：「沒那麼誇張吧……」

「大姐，如果妳是想找水果樂園麻煩的話，我勸妳人帶多點再去。如果妳是和人談合作什麼的，最好打聽一下他們老大在不在。聽說那個叫蜜桃多多的女人很剽悍……」玩家好心勸告，順手指示了一個方向。

「……嗯，知道了。」

什麼叫高手？高手就得視聲名如浮雲，就得有承受其他人嫉妒詆毀的勇氣……雲千千心態很好很淡定，世外高人般寂寞遠目，平靜的穿越這片玩家的戰場。

俗話說得好，有人的地方就有江湖，有江湖的地方就有紛爭，有紛爭的地方就有公會……這是俗話嗎？不知道，反正是一個叫凌舞水袖的偉人說過的。

每當系統發布了一個活動出來的時候，各大勢力團體之間都必然會有一番明爭暗奪。什麼遠交近打，什麼連縱合橫，一切皆有可能，這個世界上沒有永恆的朋友和對手，只有永恆的利益。

而同樣的，不僅是大勢力團體們在活動期間踴躍活躍著，就連小手工業者的春天也到了。活動區域內，每每能不時看到搶地盤、搶頭領、搶戰利品的各路英雄豪傑們瘋狗一樣互相撕咬。你殺了我，他再殺了你，沒有誰會是永恆的贏家。除此之外，還有流動販藥的小攤小販，求組求帶努力擴大交際圈的社交達人，以及……渾水摸魚想撈點好處的盜賊……

易容的雲千千負手，淡定而低調的從一片片怪潮和玩家潮中從容走過，已經十來分鐘了，她一直在努力無視身後那個如影隨形、狀似隱密的瘦小玩家。

對方最開始是鬼鬼祟祟的伸手，試圖摸索幾次都被她好像不經意閃過了；後來對方是故意碰撞，合著「對不起」的道歉聲及拙劣演技對她隱蔽下爪。十多次的嘗試後，這個盜賊終於急了，眼看都有想掏出傢伙來明搶的意思了。

雲千千終於沒法再淡定，霍然轉身，看著吃了一驚的盜賊玩家無奈嘆息：「大哥，我忍你十多分鐘了，你怎麼那麼死心眼啊？在我這偷不到你就不會換一個人偷？」

雲千千很不想惹事，時間就是金錢，她現在金錢極度缺乏，就急著找到彼岸毒草蹭 BOSS。一個雷咒下去倒是暫時清淨了，可是這麼招牌的技能必然會讓她暴露。到時候，全創世紀公會及大、中、小傭兵團領導者都會第一時間收到蜜桃多多登陸上岸的消息，接著再來個百八十人組團戒備……

這事要是換了其他時候被雲千千碰上，一頓毒打加勒索敲詐肯定是少不了的，現在難得她不想跟人計

較，身後這人居然這麼不懂事？

創世紀裡偷竊成功率是看雙方等級來的，以雲千千現在排名前十的實力，能偷她的人不超過一個巴掌；而且這其中還得刨去高失敗率、被偷竊物品隨機性、被反敲詐可能性、事情敗露後的被報復可能性……換句話說，只要雲千千小心謹慎的再多往空間袋裡塞點垃圾東西如藥品、零食什麼的，能讓她破財的人基本上不可能存在。

畢竟遊戲不比現實，現實裡的小偷個個都跟大爺似的，組隊犯案不說，偶爾還客串打手、搶劫犯。要說還是遊戲裡的手工業者們有職業道德，行事也低調得多了。這世界裡個個都是修武力的，偷不到再上手搶？不怕掄白或者活膩了的倒是可以儘管去試試。

知道自己早已敗露，這個盜賊玩家瞬間臉紅，不好意思的小小聲跟蚊子哼哼似的哼了句「抱歉」，說完轉身就想跑。

雲千千也懶得跟他計較，搖搖頭也正要拔腿走人，突然旁邊竄過來一個玩家，橫眉怒目的一把抓住小偷。「馬的，原來你是小偷？說，老子剛丟了把藍武是不是你拿走的？」他說完再一把抓住正要離開的雲千千：「小姐別怕，這種人不治他不行，大哥幫妳做主了！」

「……」誰說怕了？老娘就是路過的……雲千千抬頭望天，平靜一會後衝那熱心玩家笑呵呵道：「嗯，我不怕，反正我沒丟什麼東西，大哥你慢慢審著，我這裡還有事，就……」就不陪你繼續囉嗦了。

「凝光，什麼事？」

雲千千話還沒說完，一身華麗麗、金光燦燦的龍騰從旁邊越眾而出。他只漫不經心的瞥了一眼被抓的盜賊和雲千千，就把注意力又放回到了熱心玩家身上，皺眉問道：「你在這裡磨蹭什麼？」

被叫做凝光的熱心玩家衝龍騰嚷嚷：「老大來了正好，這小子偷了我一把藍武，還想偷這小姐的東西，被這位小姐抓到了！」

龍騰聽完皺眉問道：「請問這位朋友，我兄弟說的是真的？」他說完還照顧了下雲千千：「這位小姐真的沒丟什麼嗎？如果丟了也不用怕，我們龍騰九霄替妳做主了。」

裝什麼威風。雲千千心中鄙視，抬頭看了一眼龍騰，繼續跟身邊的凝光好聲好氣：「大哥，我沒丟什麼，真的，你就放我走吧。」

「妳別怕，這種人不敢把我們怎麼樣的。」凝光道。

雲千千吐血：「大哥，關鍵是我趕時間……」

盜賊聽了龍騰九霄的名號也有點發怵，料想知道這群人是驕橫跋扈的，連忙掙扎著試圖脫離凝光的桎梏。「放開我！人家小姐都說沒丟東西了，沒長耳朵啊你！」

「靠！那還有老子的藍武。」

「你丟你的藍武關我屁事！有證據說是我幹的？」盜賊開始口不擇言：「大公會就這麼欺負人啊？我

這技能是系統允許的，所有盜賊都會呢，難道還不讓我用了？」

「懦弱。」龍騰冷哼了聲，也許是看盜賊逃不掉了，倒是沒太在意那邊，反而分外不滿雲千千的「忍氣吞聲」。

我招你惹你了……雲千千淚流滿面。

周圍玩家平常沒看過這麼一齣。就像那盜賊說的一樣，不管怎麼說這畢竟也是系統允許的技能，存在即合理，人家練的就是盜賊，總不能不讓他使盜賊技能吧？

再說，這技能就算練滿級了也沒多高的成功率，平常被偷竊的受害者更是少之又少，偶爾有幾個倒楣的受害者丟的不是什麼值錢玩意，罵罵咧咧個幾句也就過去了，根本沒人想浪費時間去跟人計較。

可是他們不計較，不代表他們不願意看人計較。圍觀熱鬧向來是國人的天性，這是一項多麼有益促進民族和諧的國粹活動啊。

眼見著鼎鼎大名的公會會長都出面了，玩家們興致勃勃的迅速組成圍觀陣形，裡三層、外三層將現場控制了起來，力求不放走任何一個參與玩家。

「你們這是擺明了要仗勢欺人了？」盜賊玩家被圍觀陣勢和龍騰的不依不撓嚇得臉色也有點發白了。平常只有現實小偷有這待遇，自從進了遊戲以來，他雖然也偷過幾次東西，但曾幾何時經歷過這樣子的場面？

龍騰嘲諷一笑：「你可以把這理解成伸張正義。」

「老大，絕對不能就這麼放過這小偷！」凝光吆喝。

「你放心，我一定會為你和其他被偷的玩家討回個公道。」

雲千千總算弄明白這是怎麼回事了。這橋段太眼熟，一般小說裡不都會有這樣子的情節嗎？弱勢群體遭遇不平事、無處申冤，正義英雄橫空登場、力主正義……馬的，能不能不要這麼狗血？自己真是趕時間呢，沒空跟這傢伙陪襯龍騰大俠的英勇大義。

彼岸毒草那邊剛才就收到了雲千千傳來的消息，得知對方要過來主持或者說蹭打BOSS經驗的行為，看在對方會長的面子上，他也不好說什麼就應下了；可是這會左等不見人，右等還是不見人，彼岸毒草終於急了。

這BOSS可不是他們水果樂園豢養的，人要再不到的話，回頭別的勢力組織殺起來了怎麼辦？想到這裡，彼岸毒草忍不住一個訊息殺到：「大姐，妳到底什麼時候能到？」

「塞車呢，料想還有一會。」雲千千心中悲苦無處言說，很是惆悵。

她要不要在龍騰面前暴露身分呢？這行為很容易引起對方警覺啊，還是等等吧。

龍騰一副開解狀勸著那盜賊：「這位兄弟，你現在已經走不了了，還是乖乖把我手下的藍武還回來吧，

這樣我可以考慮放你一馬，如何？」

如何？那得看藍武的等級了。如果是一、二十級用的，現在也值不了幾個錢，還回去當買個太平。但如果是四、五十級用的，那就……雲千千都已經大概猜出盜賊會做什麼樣的選擇了。

果然，盜賊一梗脖子：「我沒偷，創世紀那麼多盜賊，憑什麼就說是我拿的啊？」

「你不要敬酒不吃吃罰酒！」龍騰的臉色有點難看了。

凝光抓著小偷幫腔：「就是，這裡就你一個行竊的，不是你是誰？再說那小姐可是抓到你犯行了，你敢說沒偷她的東西？」

雲千千擦把冷汗：「他偷我時還沒得手……」

「沒得手也是偷！」龍騰眼前一亮，很是堅定道。他本來還有點為難沒證據，差點忘了旁邊還有另外一個受害人。

「關我屁事啊。」

「小姐別害怕，我們……」

臥糟，沒人跟你害怕。

雲千千想罵人了，知道對方是想趁這機會作勢是一回事，要換作其他人做主角的話，沒準她也有興趣圍觀看個熱鬧。可是前提是，別把自己摻和進來啊，尤其是現在她時間這麼緊迫，彼岸毒草又一直在那邊奪命連環Call……

「快點快點，剛才又有一批人來我們這裡查看一圈了，我料想下一分鐘說不定就有人能帶著大隊人馬殺到。」彼岸毒草焦頭爛額的飛訊傳書。

「這位小姐，妳到底被偷了什麼，老實說出來吧，這裡這麼多人替妳做主呢，而且還有我……」龍騰耐心十足的循循善誘。

「是啊是啊，有老大在，絕對不委屈妳。」凝光插花搶鏡頭。

「我冤枉啊……」小偷……

雲千千感覺自己額頭上的青筋都在突突的往外跳，手裡攥著的法杖也無意識的越收越緊……還讓不讓人活了？讓不讓人活了？自己都說沒偷沒偷，她趕時間，這群人聽不懂人話是不是？

屎可忍尿不可忍！

低調了一路的雲千千終於無法再繼續低調下去，易容面具呼的往下一摘，氣勢洶洶的抬起法杖，刺殺般呼啦一下頂到震驚的龍騰脖子上。「老娘說了沒偷沒偷，給臉不要臉是不是？踏馬的BalaBalaBala……」

怎麼會是蜜桃多多？

雲千千這張臉，龍騰當然是熟悉的，正因為熟悉，所以才驚訝。在海岸上他明裡暗裡也布置不少人了，一直聽說雲千千在海外，沒聽說她上岸的消息啊？

就在龍騰還在想不通的時候，雲千千的喝罵終於也接近了尾聲。她抽回法杖高抬，最後以一個風騷的四字短句作為此次演講的結尾——「天雷地網！」

……於是，世界終於清靜了。

008 誰敵對誰

龍騰的臉很黑很黑。

這次算是意外死亡吧？算吧？

他怎麼也想不到雲千千會突然出現在自己逞威風……咳，主持正義的現場。不過想想也算正常，畢竟是這麼大的一個活動，要補給、要休整、要摸東搞西，如果雲千千一直不回陸地才是怪事。只是他運氣好，那麼多團隊勢力，偏偏讓他和這女孩剛巧撞上車了。

這就是踏馬的命啊……

風騷滅口後，雲千千也沒低調的必要了，刷開滿身「劈啪」作響的紫電，直接一提法杖：「蜜桃多多

在此，擋我者死！」

馬的，這句臺詞真爽……

圍觀群眾及場內其他部分倖存者驚恐讓路，呼啦一聲，齊刷刷後退三步。

雲千千滿意點頭，不疾不緩的先回了個短訊給彼岸毒草，接著整了整衣服，這才手拎法杖飄然而去，只留下原地一片雷劈電土焦痕供人瞻仰。

本次的不幸罹難者中，包括了一個盜賊，一個公會會長，以及其他路人甲、乙、丙、丁。而在報紙記者隨後的採訪中，這些遇難人士皆對自己死亡的真相避而不談，只能讓人憑空揣測想像。只有曾經親身經歷過這一幕的玩家們內部間心有餘悸的口耳相傳、議論紛紛，以至於到最後江湖上流傳起了一個美麗的傳說——

「聽說了嗎？那個蜜桃多多是PK狂，現在見人就殺，好像在攢PK值準備兌換神秘獎勵……」

「咦，我不是聽其他人說的是她最近缺錢，所以正改走搶劫路線？」

「哎呀，反正都差不多，這女人太心狠手辣了。」

「嗯嗯，這倒是……」

……

一偏僻海灣處，等待已久的彼岸毒草望眼欲穿之下，終於是等到了姍姍來遲的雲千千。

「哎呀，大姐，妳出門難道還化妝換衣服不成？」彼岸毒草心急如焚，二話不說抓著剛想說什麼的雲千千一陣狂奔，嘴裡還催催催：「快點快點，一會BOSS跑了。」

「你急著相親啊你。」雲千千滿頭黑線。雖然能理解自己副會長的焦急，但還是有點接受不了他這麼不淡定的反應。

彼岸毒草鬱悶道：「要真是相親的話，就憑妳這遲到的派頭，這輩子想嫁出去都難……咦，九哥怎麼不在？」

「咦，我說了他要來？」

「……」彼岸毒草強嚥下喉中一口鮮血：「大姐，九哥不在妳來湊什麼熱鬧？」他以為九夜必定是跟在雲千千身邊的，所以這才願意花時間等上那麼久。

全創世紀玩家們都知道九夜抗BOSS有多麼的強悍了，要想組精英隊的話，這個頭號主力坦克及火力輸出是必不可少。他不來？他不來這還唱的哪齣戲？

「喂，你這副失望表情是什麼意思，其實我單體火力輸出比九哥也差不了多少……」

「……問題是妳會拉仇恨……」

「有你在，我不怕。」雲千千分外信賴彼岸毒草。

「主要是我怕……」彼岸毒草淚流滿面。

海中小怪是魚蝦類為主，自然，上得了岸的 BOSS 肯定就得是兩棲類，於是，雲千千光榮的再遇海龜。

只不過這次的海龜可不是開設補給站的無害移動工具，而成了高攻高防高血、對玩家們格外不友好的硬骨頭。

還好彼岸毒草帶來的人也夠多夠強大，BOSS 畢竟是讓人殺的，面對團體力量時，終究還是只能被慢慢消磨。

收到雲千千最後一條訊息的時候，彼岸毒草已經當機立斷的派人和 BOSS 對上了，以騷擾游擊戰術批次性的逐漸消耗 BOSS 生命，這主要為的不是殺，而是防著有人搶。

雲千千到達後，一看這熱火朝天的工作場面，立即興奮，申請加入團隊，抄起法杖衝了過去：「看我的！」

一道強雷聲勢驚人劈下，BOSS 被炸得原地一愣，之後毫不猶豫的拋棄其他人朝雲千千衝來。

「靠！」雲千千被嚇了一跳，轉身掉頭就跑，手中同時熟練無比的拉開團隊頻道罵道：「死小草，你安排的什麼爛隊伍，一個雷就把仇恨拉過來了，難道剛你們在這磨蹭半天是陪人家飯前運動，專等吃我這道大餐？」

「別跑別跑，妳帶著 BOSS 一跑我們陣形都亂了。」彼岸毒草抓狂。

不跑？不跑才怪！老娘這顆頭拿到殺手公會去賣至少也值個百來金，哪能這麼交代……雲千千憤恨淚流，邊跑邊時不時回頭繼續甩雷：「雷咒天雷地網，雷霆地獄、雷霆萬……咦，這招還沒學過？那天馬流星拳！」

彼岸毒草吐血，這是來刷BOSS的嗎？這人根本只是來調戲BOSS的。

前面的桃子飛啊飛，後面的傻子們追啊追。瞧瞧水果樂園的這群園剿BOSS的團隊玩家們，現在什麼都不用幹了，光跟在一顆水果和一隻海龜屁股後面亂竄。水果逃竄中，雷法騷擾之；海龜堅持不懈的追趕跑跳蹦，水果族們亂哄哄的跟著，一會排成S形，一會排成B形，連原本也會遠程技能的都不記得用……

丟人，相當之丟人，這絕對是自己指揮戰役中最大的一次汙點……彼岸毒草淚流滿面。

彼岸毒草只是覺得丟臉，雲千千卻是知道自己現在是有多麼驚險的，不僅她會法術，那個鱉三龜兒子也會法術，而且出口就是範圍技，一張嘴一堆冰箭，再張嘴又是一堆水箭……她也不想逃得這麼狼狽，她也想使用風箏戰略，有驚無險、萬人豔羨的以風騷之姿勇挑BOSS，問題是這得付出多大的代價啊？

「控制系！控制系的都死光了？」奔逃中，再一次吞下一顆大藥，眼看後面的人還是只會傻追，自己依舊穩拉BOSS仇恨，雲千千終於是忍無可忍了，拉開團隊頻道罵道：「遠程跟著打，這還用我教你們啊？還有牧師，給我甩個治癒能累死你們嗎？能嗎？」

眾人慚愧，他們也是心急則亂，一時忘記了自己扮演的角色和該盡的義務。

彼岸毒草也夾雜在一堆人中連忙重新接過指揮棒：「戰士去前面繞截，弓箭手排阻，法師打打打，牧師……」

這就是素質，團隊素質果然太重要了。雲千千傷心得不行。

法師弓箭手齊射，一輪打擊後，海龜身上的殼甲光澤頓時黯淡了不少，顯然這一下子威力還是夠大的。

可是即便如此，它還是緊緊跟著雲千千，一點沒有移情別戀的意思。

畢竟要論起單人輸出的話，目前還是這女孩最強，暫時沒人能撼動她的地位。

雲千千獨自享受被海龜追求的殊榮，心中後悔不已。早知道自己手那麼賤做什麼，乖乖在旁邊偷懶撿便宜就好了……可惜世上沒有早知道這種假設，重生的機會也不可能因為這種雞毛蒜皮的理由就無節制的降臨到雲千千的頭上。

按照遊戲的說法來說，連普通大招都還得要一個冷卻時間呢。Save & Load 這等級屬於禁招，一輩子能撞上一次都是中樂透頭獎般渺然的機率了……

「蜜桃放風箏。」彼岸毒草給出指示，迅速判斷出最適合目前局勢的打法。「妳就照著現在這速度帶BOSS遛圈，牧師會照顧妳的，不要停……」

雲千千明白了，自己就是那勾引海龜的誘餌，就是那捨不得孩子、套不著狼的孩子……這世界太殘酷了，她是後母養的嗎？

「孤注一擲！」弓箭手們喊。

雲千千在如雨的箭枝下埋頭跑。

「獅吼！」戰士們喊。

BOSS被震得定了定，雲千千在撲來的刀光劍影下繼續埋頭跑。

「天雷地……對不起、對不起，喊錯了。」法師被雲千千百忙之中抽空丟來的鄙視加中指鬱悶到，連忙道歉，重新喊：「萬里冰封！」

雲千千……永恆的奔跑。

BOSS血條被磨下大半，雲千千咬牙再回頭丟出一個雷，克制住順手攻擊旁邊彼岸毒草的衝動。眼看勝利就在眼前了，彼岸毒草根本沒空注意雲千千，加緊指揮火力輸出的成員們加快攻擊頻率。有什麼大招的儘管丟出來，別省藥水、別省怒氣、別省……萬一這最後關頭來個狂化，大家都得吃不了兜著走；而且最關鍵是，他怕那水果也跟著狂化，要是她來個六親不認屬性，回頭所有人都別想安生了。

「快完了吧？」雲千千覺得自己體力快跑沒了。長時間的運動量是驚人，雖然遊戲不會疲勞，但是遊戲會有疲勞度，數值一到就只能任人宰割了，絕對不可能有什麼小宇宙爆發的奇蹟。

「快完了。」彼岸毒草是老鳥，也頗能理解雲千千現在的處境，安慰道：「一完就給妳吃的，戰利品妳優先挑選。」

「本來就該我先挑。」雲千千瞪了彼岸毒草一眼。本來如果真偷懶的話，可能她還會不好意思，現在如果不讓她先挑，她都替這群人覺得不好意思……

磨磨蹭蹭又十多分鐘，在歷經了艱苦的戰鬥之後，海龜終於在眾人的齊心合力下轟然倒地，巨大的身體砸在地面上，蕩起一片塵土……海灣為什麼會有塵土？這是場景氣氛的需要。

三百點活動積分到手，雲千千一直抑鬱的心情總算得到了一絲撫慰，一屁股坐地上再也不肯起來了。

水果樂園的成員們倒是沒她這麼累，嘰嘰喳喳、興奮莫名的跑過去圍觀自己等人推倒的BOSS。彼岸毒草丟了隻烤鴨給雲千千之後，這才跟著過去點查戰利品。

「賺大了妳，修羅專屬雷系技能書一本，雷霆萬鈞，聽說天空之城比武那時候，你們長老用過？」彼岸毒草端了一本小冊子過來，直接拋給正在撕咬烤鴨的雲千千。

雷霆萬鈞，引爆目前所有MP值對對手造成物理系傷害，同時強引雷擊，打擊以目標為中心的範圍內所有敵人。技能威力及雷電強度、籠罩範圍等與引爆MP值成正比……

一拍學之，雲千千嫌棄撇嘴：「這得法條越飽滿才越有威力，用完我就MP清空任人宰割了……能不能來些實際點的？」

「……」彼岸毒草一臉「我早就知道」的鄙視表情看雲千千，深呼吸下再道：「另外還有紫裝一件……眼睛不要瞪那麼大，不是不給妳，關鍵那是重甲，只有戰士能穿；再來就是戰技書一本，回頭妳帶給九哥，看他要不要。其他零零碎碎的都是生產材料或者精煉石、魔石一類，我丟公會倉庫了，要的時候再自己去拿，不准貪。還有一個道具，說明書上寫的可以升級公會等級，限三級及其以下公會使用，一會妳拿去註冊升級……」

毫不猶豫的中指比出，雲千千分外不爽彼岸毒草說話這語氣，說得她好像有多麼貪得無厭似的：「那個道具賣了吧，現在應該挺值錢。」

「賣？」彼岸毒草皺眉想了想：「隨妳，不過賣了錢至少得充進公帳一半。」

「呸！」

她算是明白了，找彼岸毒草當副會長就是等於給自己找一個奶爸。

休息一會後，體力恢復少許，雲千千一行人推倒BOSS成功，暫時也沒有心思繼續刷怪了。勞逸結合才是王道，留下精力依舊充沛的部分人群繼續戰鬥，雲千千和彼岸毒草帶著其他人殺回小鎮休整，順便整理下空間袋，能賣的賣了，有價值的留下來存進倉庫……

小鎮規模不大，但因為活動關係，最近來往於這裡的玩家倒很是不少，熙熙攘攘的，已頗有主城的繁榮架式。

「這窮鄉僻壞的，除了魚就是蝦，也沒什麼好吃的，隨便找個攤子就得了。」雲千千拉著彼岸毒草，

有氣無力。

旁邊不少小鎮本地NPC一聽，頓時對雲千千怒目之。奇怪的是，怒目中居然還夾雜著玩家。

彼岸毒草皺了皺眉，壓低聲音在隊伍中問道：「妳是不是又得罪什麼人了？」

「我？我這麼奉公守法、尊老愛幼的新時代進步十大優秀青年會得罪人？」雲千千哼了哼，分外不滿的抗議：「熟歸熟，你再這麼誣陷我一樣會告你誹謗。」

彼岸毒草頭大，看了一眼旁邊不大友好的玩家視線再道：「妳沒得罪人的話，龍騰的人為什麼看我們都這副表情？」

雲千千隨便選個方向一轉頭，正好看到一個玩家的眼神由憤怒轉而倉皇，見到雲千千看來連忙慌亂轉頭，不敢與她對視；她再轉，又一個；她再再轉……果然，四面八方的人群中，有不少人攙雜在其中對自己面露不忿表示不滿情緒。

雲千千茫然抓頭：「這是怎麼回事？難道是嫉妒我的美貌與智慧？」

「……」彼岸毒草吐口血：「大姐，我覺得那應該不是嫉妒的眼神，這肯定得是憤怒。」

「不對啊，我得罪他們了？」雲千千大驚。她根本沒把怒殺龍騰的事情放在心上，所以這會自然也就對這些人的情緒感到分外不能理解。

是啊，妳得罪他們了？這不就是我剛才問的問題……彼岸毒草自覺實在是無法與雲千千溝通，抬頭望了眼天空平靜情緒，之後頹喪擺手：「算了，我們走吧。」

他們剛想走，龍騰臉色不好的分開人群走出，沉聲咬牙切齒喊道：「蜜桃多多……」

「哎呀，龍騰大哥，我正要找你，這裡有塊公會升級令，你要買嗎？」雲千千喜出望外的迎上去，截斷對方話頭。

「……」要買嗎？

龍騰臉色忽青忽白，煞是好看。

這女孩前不久才在海灘外把自己PK了，這會就像沒事人似的笑呵呵要跟自己做生意。這可是公會升級令耶！現在建了公會的人沒有滿足於當前規模的，都想擴大基礎招攬玩家，可是任務又不知道該怎麼做。有這麼一個便利的道具，自己不買就等於錯失大好良機，可是買了好像又有點沒面子……到底是買啊，還是不買啊？

龍騰糾結了。他本來是想找人算帳，可人家好像根本沒做錯事的自覺性，再糾纏下去會不會顯得自己有點小心眼？

「到底買不買啊你，不買我去找小葉子了。」雲千千不耐煩。

「……我買。」龍騰把牙咬得嘎吱作響，為大局著想，終於還是決定暫時忍下自己被殺的那口鳥氣。

君子報仇，十年不晚……

「多少錢？」

「這個……公會每次升級後都可以擴大當前規模一倍，當初建初級公會，您都花了 11000 金去買建幫令，就算您現在只升級到二級公會，也等於是有兩個一級公會的規模，要升三級就等於是四個，四級等於八……這麼珍貴的升級令，我覺得您這麼有身分有階級又實力雄厚的英雄人物，開價最起碼也不會少於建幫令吧……」雲千千分外真誠的、含情脈脈的凝望龍騰。

龍騰吐血：「5000 金，愛賣不賣。」以為他真是冤大頭了是吧。

「我還是問問小葉……」

「6000 金。」

「一個通訊應該花不了多少時間，我還是問問……」雲千千裝模作樣。

「6000 金不賣算了。」龍騰轉身要走。

雲千千連忙拉住他：「別走啊，龍騰哥，我們這麼好的關係，這樣就見外了……好吧，賣你了。」雲千千一咬牙，交易出升級令。

銀貨兩訖，雲千千和龍騰都十分滿意這個結果。揮揮手送走被公會升級令稍稍撫慰了身心的龍騰，雲千千十分自覺拿出 3000 金交給彼岸毒草。

「公帳。」

彼岸毒草不驚不喜的收起，雖然滿意雲千千的自覺交公帳行為，但眼看公會升級令真的賣出，說一點失落都沒有也是不可能的。嘆了口氣，彼岸毒草略帶遺憾道：「其實這東西應該可以賣更高價的，妳太著急了。」

「不著急不行啊，萬一哪天龍騰不小心發現升級任務鏈只要 100 金就可以升級公會的話，這東西就等於是砸我們手裡了。」雲千千比他更遺憾的樣子。

「……」彼岸毒草全身一僵，沉默許久後，嘸口血抬頭：「妳的意思是，妳知道哪裡有任務鏈可以升級公會，而且成本只要 100 金？」

「是啊。」

「那妳這不是敲詐？」彼岸毒草激動了。

「也不算吧……」雲千千抓抓頭：「用令牌道具升級他也有好處的，普通任務鏈升級是官員祝福，令牌升級可以直接接受城主祝福呢。」

彼岸毒草聽後心下稍安。「城主祝福有什麼額外福利嗎？」

「沒區別啊，也就是儀式熱鬧些，反正是到二級公會了。」

「……」

「咦，你怎麼這麼看我？」

「……我可不可以這麼理解。」彼岸毒草艱難的吞嚥口口水後謹慎問道：「龍騰多花了 5900 金，從妳這兒買了塊高價公會升級令，其實並沒有其他什麼實質的好處，僅僅是祝福和儀式主持人從官員換成了城主而已？」

雲千千終於不好意思，羞澀一低頭：「呵呵，你怎麼這麼想。比如說大公司剪綵，不就愛請些大明星和高級官員嗎？雖然人家出場費比其他人高許多，但這代表有面子啊。龍騰這樣子有面子有分量的實力派，肯定不會在乎這點小錢的，最重要的是排場……我個人覺得他一定會非常高興的。」

「……」不，我並不覺得……

彼岸毒草淚流滿面，在這個剎那，他突然開始懷疑自己接受這顆水果的聘僱究竟是不是一個明智的主意了，他會墮落嗎？

兩人的對話只發生在私人一對一的通訊中，所以這個資訊沒有外漏，龍騰九霄和水果樂園的人也都不知道自己公會會長剛才做了一筆怎樣的買賣。

彼岸毒草是個謹慎的人，他知道當龍騰明白真相後的那一天，一定會當場暴走。為了避免水果樂園中有人不小心踩進雷區，於是彼岸毒草經過反覆思量，終於決定替自己公會裡的人先打個預防針。

用盡量委婉的語詞把剛才的事情在公會內講述了一遍後，彼岸毒草深感遺憾的通知水果族們：「所以如上所述，大家如果看到龍騰九霄的人的話，盡量不要招惹他們，沒準哪天人家直接刷出兵器就砍過來了

也不一定……」

水果族們倒是沒有彼岸毒草那麼悲觀和失落，對於這個消息，他們之中的絕大多數人都只表示出了興奮：「意思是說，我們現在和龍騰是敵對嗎？」

彼岸毒草為難道：「可以這麼說吧，就算現在不是，我預計以後也肯定是。」畢竟龍騰也不是什麼大方慈祥的人……

「嘩——有架打了耶！」水果族歡欣鼓舞，公會頻道內一片沸騰熱鬧景象。

「……」

彼岸毒草吐血。

雲千千拍拍他肩膀，一臉慈藹安慰道：「算了，孩子們不懂事，等以後他們大了就知道了……」

彼岸毒草在公會內通知水果族們小心行事，這本來是出於一番好意和謹慎考慮。他的意思是，在發展的初期，大家能不惹事就盡量不惹事，如果和其他團隊勢力衝突太多的話，無論輸贏都一定會替水果樂園帶來不好的影響，最起碼一個拖慢發展是跑不了的了。

現在公會剛建立不久，最重要的問題只應該是如何站穩腳跟，以及如何儘快發展壯大……

可不幸的是，彼岸毒草顯然不了解水果族們的想法。一個實力強大的人，本身就不會安分，更別說這是一群實力強大的玩家的集合。

創世紀唯一擁有天空城池的公會，創世紀唯一全隱藏種族陣容的公會，創世紀第一玩家坐鎮的公會，創世紀第一陰人……咳，總之，水果族們的自信心現在無比膨脹，哪怕沒事的時候也想找點事出來鬧鬧，更何況聽到自己公會終於有了一個敵對……

海灘人潮中，一個背負雙翼從天而降的鳥人大哥抓了一胸前掛龍形紋章的大哥興奮問道：「你龍騰九霄的？」

「是啊，怎麼了？」龍騰的人不解問。

「沒怎麼……」鳥人大哥非常歡快的開殺。

天上還有一群盤旋著的鳥人，一見此情此景立刻衝下，既是助陣也是搶怪……搶人。

龍騰九霄的玩家被殺得一愣，還沒明白過來是怎麼回事，就見血條直線下降，不到三秒就清空，身化白光復活而去……臨了他都沒想明白，自己究竟哪裡招惹到這群鳥人了。

被害玩家也有朋友，其朋友們見了這麼殘暴的群毆場景，也不敢說誰對誰錯，直到接了龍騰九霄的玩家從復活點傳來的訊息後，才有人踟躕上前詢問：「請問下，我那朋友哪裡得罪你們了？」

一開始對方問的是龍騰，所以初步可以判斷這行動應該不是單針對人，而是針對公會……難道是公會仇殺？這可不是散人玩家們招惹得起的。

「你也龍騰的？」剛才首先抓人的鳥人大哥興奮雀躍。

「不是不是，我散人，沒會沒團沒勢力……」見了一幫鳥人想要蜂擁而上，玩家連忙把個人資訊刷出來慎重聲明。

「哦……」鳥人大哥好生遺憾，惋惜道：「想不想入會啊？要不你現在去申請加入龍騰？」他是很講道理的人，不是龍騰的人不會濫殺無辜。

「……」加入了好來給你殺？玩家沉默，有點確定這確實是一起公會仇殺了。「幾位是龍騰的敵對勢力嗎？」

鳥人大哥一挺胸膛，分外自豪：「沒錯。」

消息傳出，龍騰九霄的玩家表示茫然，他不記得自己公會有敵對勢力。是誤會？還是……誤會？擔負外交重任的玩家收到回信後嚥口口水，代表身在龍騰的好友謙虛提問：「……請問敵對的原因？」

「敵對的原因啊？」鳥人大哥抓抓頭，不確定的詢問身後同伴：「好像是說我們會長陰了龍騰？」

「沒錯沒錯。」鳥人大哥的同伴補充：「她把只值 100 金的升級令用 6000 金賣給龍騰了，然後副會長說我們未來絕對會敵對。」

「哦。」鳥人大哥點頭，再轉回來一臉嚴肅道：「你聽到了？就是這個原因。」

「……」玩家吐口血：「你們會長陰了龍騰，那也應該是龍騰敵對你們吧？」

「有什麼關係？反正是敵對。」

「……主要是這樣，我覺得吧，龍騰是被害者，所以敵對也應該是他來說。他沒說之前，你們就先動手了，這就不叫敵對仇殺，應該叫蓄意挑釁……」玩家耐心解釋。

「你的意思是說，他敵對我們是天經地義，我們敵對他就是蓄意挑釁？」鳥人集團表示茫然：「為什麼？這也太不公平了！」

「不公平……」玩家再吐口血：「主要是你們會長先陰了他。」

「是啊，我們知道會長陰了龍騰。」鳥人大哥抓頭：「所以副會長才說龍騰一定會敵對啊，難道他不會？」

「會，但是……」

「既然你也說一定會敵對，那我們殺龍騰的人有錯嗎？憑什麼一定得被動挨打？先下手為強不對嗎？」咄咄逼人、理直氣壯……鳥人集團分外委屈，感覺眼前玩家在沒事找事。

「……」玩家欲哭無淚，頭一次知道什麼叫有理說不清……他們還是弄死他算了……

同一時間的不同地點，相差無幾的對話還在各處進行著。不一會後，整個龍騰九霄，尤其是龍騰，就已經全體得知了會長龍騰被陰，以及公會成員在活動海灘被血洗的事情。

水果族們是強大的，水果族們更是不講道理的。玩家們經常說一個公會會長的氣場就決定了一整個公會的氣場，從這一點上來說，這個結論無比正確。

在雲千千的帶領下，水果樂園在創世玩家心目中已經正式成了恐怖組織的代名詞——強詞奪理、陰險卑鄙、仗勢欺人……總之沒有一個正面形象……

得知全部真相的龍騰手抓公會升級令，喘著粗氣，臉色難看猙獰如野獸般，駭得誰人都不敢靠近，生怕被捲進漩渦風暴的中心。

「蜜桃多多……」龍騰憤怒咬牙：「妳欺人太甚！」

009 公會包場

以前雲千千只有一個人，再怎麼讓人頭疼也終是有極限的。所以大家雖然忌憚，卻也沒太放在心上，只要約束手下的人看見這女孩繞道走就好。

可是今時不同往日，這顆黑心的水果不僅混帳依舊，而且居然還培養出了一批同她一樣混帳的玩家……

公會升級令的事情出來後，龍騰九霄內的領導工作團隊連忙召開了「關於如何進一步加強公會及人員安全，防P防詐防蜜桃緊急頻道多方會議」，龍騰會長親自出席並主持會議，向基層群眾通知了水果樂園惡性敵對情況；戰神堂堂主積極發言，就如何進一步做好當前安全工作進行了全面部署安排……

水果樂園敵對事件中，龍騰九霄的遇難人數截止到目前已有兩百二十七人，其中一百九十九人被P掉

級，二十八人負傷後頂著殘血逃跑成功。

這個數字一經統計，立刻引起了龍騰九霄幹部們的高度重視，相繼做出重要批示，要求公會中務必安排死難者們的練級補償，妥善處理善後，彌補回被P的損失。同時還要認真吸取PK事件的教訓，召集高手在海灘輪流巡邏，加大暴力PK隱患的排查力度，從根本上杜絕此類事件的再次發生……

「帶人練級，安排人手輪流巡邏都沒有問題，可是……」公會中，一個代表基層出席會議的精英成員，在聽完副會長、長老以及各堂堂主等的發言後尷尬插話：「不知道大家有沒有聽說過，水果樂園還有空軍……」

人家是天上飛的，風騷耀眼、高高在上、俯瞰全域；自己是地上跑的，漫山遍野、坑坑谷谷、見著一顆半大不小的石頭都得繞道走才瞧得見路後面……

這怎麼比？位置角度的高下直接是一個天上一個地下。

人家一個人在天上盯著，都不用動下身子就能比自己這邊派出十人、二十人調查來得還要清晰，保證不出錯不說，還可以順帶標記附近地形……被分派到召集巡邏任務的該精英成員淚流滿面，任務之艱鉅已經超出了他的想像，自己不能繼續保持沉默了。

公會頻道中沉默半分鐘，幹部們終於後知後覺的想起了一個問題——水果樂園那些渣都是隱藏種族的……

「嗯……我看還是以和為貴？」某堂主遲疑開口。

公會是一個勢力，很多玩家加入公會後，別人眼中看到的就是ＸＸ公會成員。可是如果當一個玩家很是強悍時，他不管加入哪個公會，別人眼中看到的都是ＸＸ公會招攬了ＸＸＸ……

這是有很大差別的。前者作為代表的是公會，後者作為重點的卻是個人。比如說要和一個公會作對，最常見的辦法有收購合併、摧毀駐地、PK公會成員……可是和一個強悍玩家作對就麻煩得多了，不管殺他多少次，這個人都是能復活的，時時讓人如鯁在喉。這也正是為什麼當雲千千還只是一個人時，各大團體對她很是不喜歡卻又無可奈何的原因。

你殺她，人家轉個身復活了之後依舊蹦蹦跳跳，隨便往哪個地方一躲就沒人找得到了。

可是她陰你，那目標可是太多了，街上隨便遛達一下都能抓到一個目標，一個雷劈下去再迅速流竄……

現在水果樂園在龍騰的眼中，不僅僅代表著一個公會，更代表著一個公會如蜜桃多多般的人物。全隱藏種族陣容啊……難道說那水果一開始的心機就是如此深沉，所以特意弄了這個讓人忌憚的團體好使人無從下手？

龍騰九霄的幹部們都沉默了，龍騰更是無語。

以和為貴？那自己多丟面子啊！

可是要真的正式宣戰了的話，未來的日子必定是煩心的……

本來熱烈的討論氣氛瞬間冷卻，龍騰臉上青紅交錯，不甘心真要就此讓步。

提議以和為貴的堂主尷尬了半天，沒聽到有人接自己這一句，也知道這建議讓人為難了。他想了想，連忙補救：「要不然，我們和其他公會商量一下?這事件現在看起來確實只是我們龍騰九霄的問題，但長期發展下去，水果樂園肯定會造成巨大威脅，嚴重影響到創世紀中的公會勢力格局，大家誰也別想往外發展……不趁這些人還在萌芽狀態的時候和其他公會聯手，難道他們還指望著自己以後一定能和水果樂園相安無事？」

龍騰眼前一亮，大感滿意。

龍騰九霄本來就等於是龍騰用錢養起來的，幹部成員們拍馬屁的口才自然也都是不錯。要嘛說，還是這樣子的人用起來順手舒心呢。瞧瞧人家這發言，太有水準了，拉其他人下水一起幫自己操心頭疼不說，關鍵還給足了自己面子……

「沒錯，事態嚴重，我確實也是不能只顧個人意氣。」龍騰順著臺階就下，順手分派任務：「你們現在去聯繫一葉知秋、唯我獨尊，講明這事件的嚴重性，請他們過來一起商議。除了這兩家外，其他有規模的傭兵團團長也請來，大敵當前，我們更應該摒棄以往的成見，齊心協力共度難關嘛……」

會議氣氛重新熱烈起來，上頭老大舒心了，下面這些人自然鬆了一口氣，拍馬屁的附和聲連綿不絕。眾人紛紛盛讚龍騰的大氣和大局觀，同時也紛紛表示自己一定會不負使命，與公會一同共度難關……

於是，在這積極向上的氣氛中，應對水果樂園之緊急會議在歷經波折之後，總算是順利的降下了帷幕……

「妳這回可是把事情鬧大了。」

混沌粉絲湯百忙之中抽出空來，從天空之城下來陪雲千千喝酒。「我手下有探子說，龍騰正在召集其他公會、傭兵團過去開會，準備把妳塑造成霍亂流感之類的典型，好以此發動全民對妳進行預防圍剿及清理……」

「耶？」雲千千瞪大眼睛，驚訝道：「我最近可是奉公守法、安於平淡啊，頂多不過是做點小買賣養家餬口，殺人越貨的勾當已經很少做了，他幹嘛看我這麼不順眼？」

「喊，要是妳真安於平淡的話，那公會升級令的事情怎麼說？」混沌粉絲湯鄙視。這人不要臉起來真可怕，更可怕的是她不要臉還不自知，好像還真是發自內心的自我感覺很純潔……

「關於這個問題，我覺得沒什麼不妥吧……」雲千千感覺異常委屈：「難道你在五星級飯店點的可樂會和路邊攤一樣價錢？首張公會升級令耶，那可是有城主親自主持儀式並發表祝福的，這是多麼有面子的一件事。更何況，這還是全隱藏種族團隊的陣容合力從BOSS那打出來的，相當有紀念意義……現在隨便發個三流明星陣容走場秀難道還不比這個貴？」

這人還覺得自己分外有理？混沌粉絲湯的嘴角抽了下。「可惜人家不這麼想，現在人家正在商量著，看怎麼才能把妳這個三流明星陣容的戲班子挫骨揚灰，最好再踏上一萬隻腳讓妳永不翻身。」

「放心，沒事的。」雲千千安慰胖子。

混沌粉絲湯睨她一眼：「哦？這麼有自信？」

「首先，龍騰人緣沒那麼好，他倒楣了不見得其他人會幫忙。其次，各個團體都想保存勢力，國人就這習慣，哪怕鄰居家著火了都沒什麼感覺，非要燒到自己身上才能緊張一下，想讓他們有脣亡齒寒之類的憂患意識實在太難……」雲千千呵呵笑道：「而且最關鍵是，落盡繁華有無常，皇朝有唯我獨尊……」

「那又怎麼樣。」

雲千千得意非凡的打個響指。「只要九哥和小草在我這裡，那兩人哪怕平常會給我扯什麼後腿，這時也絕對不會站到龍騰那邊的……」

兄弟義氣這種事情實在是很扯淡，但是越扯淡的事情就越是常見。先不說唯我獨尊和彼岸毒草幾年的兄弟情誼，就算無常平常看起來這麼冷情冷性的人物，雲千千也十分肯定關鍵時刻對方絕不會置九夜於不顧……單憑這兩個人，龍騰就已經輸了。

想把人都拉攏到自己陣營？身為代表龍頭的兩家公會不過去，其他傭兵團即使投靠再多又有什麼實質威脅？

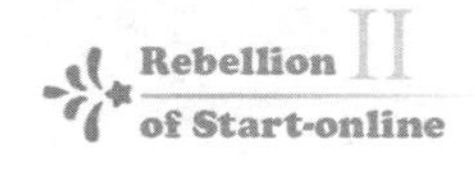

酒足飯飽，混沌粉絲湯身為大財主留下結帳，雲千千繼續參加活動去。

活動中除了可以刷怪，還發布些平常沒有的小任務，同樣可賺取積分不說，關鍵是有機率得到意外驚喜，比如說新技能，比如說實用特殊小道具，比如說特殊裝備……

雲千千拎了麻布口袋先去幫NPC尋人，找到後二話不說打暈打包帶走之，直接略去目標NPC不合作、提出其他小任務刁難的繁瑣過程。交完任務之後，她再去幫某NPC親戚耕地，放把火燒山，再隨便從路上抓了一個劍手壯丁對自己縱火現場發動萬劍大陣……刀耕火種，自然原始環保，關鍵還無汙染，連耕帶草木灰肥全有了，直接就可以下種……

來來往往奔走於各NPC間的雲千千充實的忙碌著，空間袋中卻不怎麼見有豐盈。小任務得到額外獎勵的機率還是太小，得來點大動靜才行……

交完不知道第幾個任務的雲千千數數經驗，很滿意。她整整空間袋，卻沉默了。深沉遠望中，她終於還是將目光放到了海邊小鎮中臨時駐紮的軍官身上。

緊急召喚彼岸毒草展開會議，雲千千提出自己的設想：「現在的刷怪太分散了，海面雖然大，但刷怪點還是有好壞之分，我們的人員一點都不集中，各自為戰的效率很低下。現在最重要的還是加強刷怪區域控制，這樣才能獲得最大的收益。」

彼岸毒草驚訝道：「妳不是刷任務嗎？難得居然還會有關心公會集體活動的時候。」

「這個，我覺得你對我有些誤會，其實我骨子裡還是很負責任的，只是隱藏得比較深……」雲千千滿頭黑線，委婉的解釋了一下。

彼岸毒草沒說話，卻以白眼及鄙視的神情充分表達出了他對這解釋的態度和立場……

兩人說話間，旁邊的駐紮軍官走來。「蜜桃多多閣下，關於您的任務已經分布下來了。現在西海區域有魔章在屠殺我們的將士，請您立即帶人圍剿，拿回魔章晶核並絞殺其手下章魚怪一萬隻，在我這裡交任務。」

彼岸毒草倒吸口冷氣：「原來妳竟然成了王宮的鷹犬。」難怪她那麼熱心要率領公會成員包場呢，其實人家是想讓大家幫她一起賺任務點。

「喂，會不會說話呢。」雲千千分外不滿：「再說，這怎麼也算是公會任務，到時候大家攤下來都有積分的，也不算是吃虧吧。」

彼岸毒草想想也是，個人任務終究比不上公會任務，後者有個人及集體兩項獎勵加成，確實比各自為戰來得划算……

想到這一點，彼岸毒草也就不再計較雲千千耍的小心機了，點點頭道：「那成，我通知下去，召集人手現在就過去。」

別看一萬隻小怪的數量多，但要是水果樂園三百多個人都在的話，平均下來一人也不過只需要宰殺三十多隻。而BOSS更是不足為慮，有了海龜經驗在前，魔章相比起來也不過是在水下，需要多費些工夫堵截罷了。

唯一的問題，只出在人的身上……

屠海活動有公會任務，但是為什麼除了水果樂園以外，並沒有見到其他公會有人接取這樣子的任務？人手召集是一方面的問題，而另外一方面的問題，則是參與活動的玩家太多了。公會任務一接取後，絞殺BOSS或區域內小怪都是有指定的，不是你隨便殺哪裡都行。

可現在這情況，海上、岸上到處都是玩家，讓你去絞殺西海範圍內的章魚怪一萬隻，那邊泡著的玩家卻是一人一片早劃好了分擔區，小怪一出，必定第一時間清剿，既是為效率，也是為了避免小怪刷新過快而出現安全方面的隱患。

沒怪留給你，那還殺個屁啊？

BOSS亦是如此，你要殺，沒準其他人也想殺。任務BOSS一刷出來，離得近的玩家就地集合起來，第一時間展開進攻，等做任務的人手趕到了，說不定BOSS已經被砍掉一半血條，仇恨值早被人家拉穩了，你這邊就算小宇宙爆發也搶不回來。

遇到這一類的難題怎麼辦？唯有清場圈地盤，把所有玩家都趕走，獨自占據那一整片任務區域……

雖然團體勢力們經常有類似圈地盤的行為，但人家圈了就固定在那了，三天、五天短時間內不會亂動，也不會再去騷擾其他玩家。

做公會任務則不同，任務分配到哪裡就得清到哪裡，把人轟得跟趕小雞似的，難免不會引發反彈及不滿言論。

所以其他公會雖強，卻也不敢輕易的去犯這個眾怒。只有雲千千率領的水果樂園囂張無比，根本不在乎什麼不好的影響，一聽說要做公會任務，全體成員皆轟然回應，沒有一個人為廣大玩家著想的提出「那其他人怎麼辦」，或者是「這樣會不會不大好」之類的問題。

從這一點上來說，也標誌著水果樂園確實已經成功轉型成為了流氓組織……

不出雲千千所料，等彼岸毒草召集好人手一起趕往西海中的任務點附近之後，那片海水中果然早已經先泡著二十幾個人了，這些人分組成五隊，東、西、南、北、中各自占據一片。四面的小隊正在熱火朝天的刷小怪，幫中間隊伍清除騷擾威脅；而中間的隊伍顯然實力較強，正在集中火力消磨魔章 BOSS 的血條。

很顯然，這不僅是五支隊伍，更是組團在一起的五支隊伍，他們明顯是達成了什麼協議，所以才有現在這樣分工明確的合作局面。

雲千千泡在海水裡刷出個擴音器，衝中間隊伍的方向喊話：「請注意，那邊的五支隊伍，你們現在已經被包圍了。這片區域是我們的任務責任區，魔章 BOSS 是我們的任務目標，很感謝你們之前為我們做出的努力，但是接下來請立刻住手並離開，讓我們的人接手……不要再做無謂的抵抗了，如果你們冥頑不靈的話，我們將會採取強制手段……」

什麼強制手段？當然是殺人搶地盤……

五支小隊不滿，但打眼一掃也發現了來的這群人個個不同尋常。

見過整支手化成鋼爪的嗎？見過背上長翅膀的嗎？見過手臂延伸成藤蔓纏過來的嗎？見過……尤其再加上雲千千那實在獨特的喊話方式，再以及她身上纏繞的標誌性電弧。

五支小隊幾乎是第一眼就認出這群人的身分了——

馬的！是水果樂園那批渣！

水果樂園最近一段時間實在是聲名遠播或者說臭名遠揚，創世時報的娛樂版、時事版、頭條頭版……甚至就連副版的公會新聞中都時不時能看到這群人的新聞花邊。

尤其龍騰吃虧，重金買下公會升級令的特大新聞，更是被最新一期創世時報加大篇幅報導，引起了所有玩家的警惕和重視。

「怎麼辦？」

五支隊伍成員雖然強烈不滿，但眼看自己等人面對著如此強大的陣容，也不敢太過放肆，連忙在團隊

頻道中緊急商討。

「這……要不撤吧？好漢不吃眼前虧……」臨時團隊隊長做出一個艱難的決定。

「憑什麼啊，BOSS都已經被打掉一半血了，難道我們白辛苦那麼半天？再說，我們怕什麼，他們就算現在過來殺了BOSS也搶不到仇恨。」隊員甲不滿。

隊長委婉解釋：「他們現在殺了BOSS確實搶不到仇恨，但他們殺了我們就能搶到了……」

「不會吧？還講不講道理了？」不滿的隊員甲驚訝。

其他人這會才算明白過來，原來這是個時事小白，只管練級，從不關心創世紀中新聞事件的。

隊長尷尬不好說什麼，隊員乙趕緊幫忙說明：「你回去看看時報就知道了，這些人還真是不講道理的。」

其他人連連應聲附和。

「這……」

隊員甲終於沉默。他也不是不明白輕重的。殺BOSS的收穫雖好，但也得自己有命拿下。再說被搶是大家都被搶，又不是單他一個人吃虧，自己的隊友實在沒必要欺騙他。

沒人再提反對意見，二十多人商量後，一致同意隊長的撤離建議。

「識時務者為俊傑嘛。別灰心，其他地方一定會有更肥的BOSS在等待著你們。」

這些人游過時，雲千千還一一安慰了一下，可惜現在沒人有心情搭理她，個個都是翻個白眼就閃人了。

彼岸毒草早派人攔截住了想追趕撤離玩家的魔章 BOSS，接手仇恨，繼續在他人的努力基礎下奮勇戰鬥，其他人員開始清理小怪。

雲千千一片好心無人理睬，只好摸摸鼻子抄出法杖加入戰鬥。她抬手一揮，一道道雷電撕裂蒼穹從天而降，瞬間吞噬了魔章 BOSS 左面的海域，紫光銀蛇肆虐飛舞，收割著小章魚們的生命及經驗值。

那片海域的水果族同樣大招補上傷害，把異常頑強的抵抗分子掐滅成白光，同時開始打撈戰利品。

雲千千再一揮，雷網又降在右面海域；她再再揮……吸取了殺海龜經驗的雲千千現在不敢亂動 BOSS 了，這要是再把人家勾引過來，自己又得跑得跟孫子似的。她可沒興趣改行當主力坦克，調戲 BOSS 這個行當還是九夜幹得更順手些……咦，九夜怎麼不在？

後知後覺發現自己公會活動中少了一人，雲千千抽空傳個消息給不知身在何處、神龍見首不見尾的九夜：「群毆中，參與否？」

對面淡定秒回訊息：「被綁架。」

雲千千吐血驚駭，懷疑自己幻聽：「誰有這麼大膽子？」

九夜答曰：「夜叉族……」

010 海底

夜叉族……多麼令人懷念的名字啊。

雲千千感慨萬千，夜叉族公主是目前已知的九夜的第一個公開追求者。人家也是海族，海族出了活動，夜叉族自然也會跟著一起上岸……她最近忘性真是越來越大了，居然沒想起來還有這個種族。

當第一夜叉族公主在夜叉族中把失落權杖化成的小鑰匙當作定情信物送給九夜時，夜叉族國王雖然試圖阻止，卻因為不好把鑰匙的重要性公開說明，所以這才會錯失了先機。而雲千千趁著這機會帶著九夜就逃竄離開了副本，根本也沒給人家父女說其他話的機會。

自從九夜離開之後，夜叉族公主天天懷疑是因為自己老爹的阻止，所以才會使得她心愛的九夜哥哥失

落遠走。

夜叉族國王更是有苦難言，從魚人那搶來的失落權杖被自己閨女親手送出去了，自己還不能跟別人說那東西到底有多稀罕。再接下來，人跑了，自己還沒來得及哀悼那無法追回的權杖，更過分的是，女兒竟然還在旁邊抱怨說自己拆散了她的姻緣……

夜叉族國王仰天流淚，吐血三升，心中的委屈竟然無人能訴。

雲千千問了幾句之後也算明白了，莫非夜叉族公主是來追情郎訴衷情，順便解釋一下她其實還是情有獨鍾、衷心不二，為九夜可以不顧一切海角天涯……踏馬的，這都叫什麼事啊。

「那現在呢，你還純潔吧？」雲千千小心翼翼的問道。

「……不要逼我翻臉。」對面九夜沉默一會後，咬牙切齒的一字一頓。

「嗯，聽起來好像還純潔。」雲千千放心鬆口氣，關切的問道：「那要不要我派人去搶親？」她其實真有心拉九夜出苦海也簡單，只要小香一拍，天涯海角他都得乖乖回來。關鍵問題是，那香有使用次數限制，不用到非常時刻實在有點浪費，所以雲千千個人認為，如果九夜不是很危急的話，能省就省點吧；實在不行，大不了在洞房前刻再出絕招。不過想來遊戲裡應該也不會有洞房這樣的設定，不然這題材肯定得違禁了……

咦，既然不能洞房，那夜叉族公主還那麼執著非要追到九夜幹什麼？難道她不知道兩人之間是不會有

結果的？……

雲千千天馬行空，很快將九夜生死拋之腦後。

九夜淡定依舊：「不用了，他們現在也在找我，這邊暫時不用妳來搗亂。」

什麼叫搗亂……雲千千鬱悶問道：「你又迷路了？」

「……嗯。」

很好，看來短時間內那邊是絕對安全了……

既然知道九夜暫時不會有問題，雲千千樂得再去多刷幾個任務。湊齊那麼多人手不容易，回頭等人下線休息了，她再想刷那麼暢快就難了。

當然了，夜叉族那邊完全不管也是不可能的。傳個訊息去拜託混沌胖子調查一下夜叉族後，雲千千就開始一邊任務一邊等待回訊。

小半個鐘頭刷下來，魔章BOSS終於覆滅，小怪也早就刷滿了。雲千千收拾空間袋裝好戰利品，一路游回小鎮找軍官交任務。

「勇士，很感謝您和您的公會……」軍官刷出放大鏡，鑒定完晶核確實是真貨，很滿意的開始誇獎雲千千，一通讚美之詞後終於發給獎勵，又提出新要求：「剛才收到消息，西海區域有魔章屠殺我軍將士，請……」

「咦，不是剛殺完？」雲千千驚訝道：「你是不是記錯章節數了？」

軍官瞪她一眼，分外不滿意，說道：「是新出現的魔章。」

「剛殺完就出一個新的，繁殖進化也太快了吧。」雲千千滿頭大汗。

「總之，請您儘快率人剿滅魔章，拿回晶核，並清理附近的小章魚怪一萬隻。」

雲千千擦把汗，連忙刷出通訊器急呼彼岸毒草：「先別回來，我們任務還是那片分擔區，要殺的還是章魚BOSS……」

「難怪剛莫名其妙突然就刷出一隻新BOSS，我還以為是別人的，會裡兄弟說要搶怪，硬是被我壓下來了……」彼岸毒草也汗。

「……別壓了，殺吧。」

雲千千等人來來回回在東、西、南、北四海域絞殺了三隻魔章、五條海蛇、一隻巨大海龜……一整天的時間就這麼過去了，水果樂園收穫頗豐，戰績斐然。

當然了，名聲也再一次遠播出去，臭上加臭……全創世紀參加活動的玩家們都知道有這麼一支愛包場趕人的流氓組織了，就連默默尋手下的小記者都聞風趕來採訪了一次，水果樂園以霸道之姿橫空出世，風光一時無兩……

「這個蜜桃多多真是一點都不知道收斂。」龍騰把手裡的新刊創世時報大致流覽一遍，合上報紙冷哼。

他想了想，問著身邊的另一個副手：「我們公會的人有多少收穫？」

副手苦笑：「活動開到現在，加入的玩家越來越多了，現在海裡、岸上滿滿的到處都塞著人，精衛填海也沒這麼刺激過啊……」

「我沒問你這個。」龍騰皺眉。

「……」副手沉默會後，盡量委婉道：「海裡刷活動怪的區域基本上都有好多人占著了，雖然小怪經驗豐厚也刷得快，但是要說相對比起來的話，我們的人比其他人也沒多少優勢……」

活動剛開始的時候，由於人少，力量不夠強大的關係，多數玩家懾於滿海魔怪的關係都不敢下海，只能望洋興嘆。可是人多力量大了之後，僧多粥少也是一個不容迴避的問題……從盼望其他玩家幫自己分擔壓力，再到暗恨其他玩家搶了自己的福利……玩家們做活動的時候永遠是有牢騷的。

龍騰聽明白了，自己副手兜兜轉轉繞那麼大一個圈子，總體意思不就是說自己公會的人沒什麼收穫嗎？想想也是，大家都做任務，你提高了，別人肯定也提高了，兩邊實力均等，等於還是和以前一樣。誰又不是傻子，真以為這裡是單機遊戲，就你一個人會練級了不成？

「……如果我們也去做公會任務，你覺得怎麼樣？」龍騰把報紙擺一邊，盯著報紙想許久後遲疑道。

「今天一開始的時候人還算少，所以水果樂園的人包場才那麼容易，到明天的話，料想每想做一個公

會任務至少都得趕走百八十人了。」副手道：「而且最關鍵是，現在玩家們對公會任務包場的行為已經有了牴觸情緒，萬一明天我們真這麼做了，等於是直接撞人槍口上……」

龍騰憋氣。

馬的，自己現在怎麼就連想幹個壞事都慢人家一步了！

一葉知秋和唯我獨尊在各自的公會裡討論出的結果也差不多。雖然大家都眼饞水果樂園的收穫，但是這些人同時心裡也明白，即便是想做無賴，那也得看氣場的。自己根本不是走那個風格路線，如果硬要學雲千千那樣子卑鄙到底的話，很有可能反被壓抑已久的憤怒群眾聯手抵制。

於是，關於水果樂園任務包場事件的研究到此為止。三個公會沒動作，其他只有傭兵團規模的組織自然也攪和不出什麼亂來，雲千千莫名其妙逃過一場麻煩。

日暮低垂，在海面活動區裡橫衝直撞了一整天的水果族終於收工，該下線的下線，不想下線的吃飯逛街順便收拾整理空間袋；實在精力飽滿的，仍舊徘徊在海中流連不去，辛勞的刷著小怪。

雲千千在軍官那結算獎勵，順便查詢了一下自己的活動積分，赫然發現竟然已足夠兌換最高等神秘禮物若干……嗯，趁現在還沒有人的積分超過自己，先把能換的高等禮物換了，份額有限，回頭攢夠了慢慢開。

揣著一堆盒子去倉庫收好，雲千千看看時間，準備下海。她不是去刷怪的，而是去找海龜補給站的……

「快快，十二點方向全速前進！」海龜背上的酒館老闆正在瞭望中，突然大驚失色。

「十二點?誰有錶借一下。」負責指揮海龜航向的魚人很是茫然，四下詢問。

眾魚人皆搖頭，表示自己並沒有佩戴這麼高科技的電子產品。

酒館老闆急了，衝過去尾巴照準那魚人就是一扇：「閃開，我來！」

「急什麼，急什麼？」掌龜魚人表示不滿，揉揉尾巴很是鬱悶。

「馬的，那水果又來了，正在全速向我們這邊靠攏，不想被扒皮就讓開。」

眾魚人一聽，本來悠閒自在的臉色頓時張張寫滿驚駭：「什麼?又來了？」

「還給不給魚活路了？」

「真過分，她又想做什麼？」

「快快快跑。」

海龜背上一時間兵荒馬亂，魚人們無頭蒼蠅似的竄來竄去，這個收拾貨物，那個抓駕龜的韁繩，慌慌張張一片混亂。巨大海龜很平靜的回頭看一眼自己背上的眾魚人，從代表鼻孔的兩個洞裡輕蔑噴氣，再淡定的轉回去。

「喲，玩著呢？」喧囂忙亂中，雲千千突然露頭出聲，抹把水珠就跳上龜背。

完了……魚人們瞬間定格僵在原地，臉色蒼白，個個如喪考妣。

雲千千一邊走過來一邊自然的問道：「有吃的嗎？先來碗，游那麼久餓了。」

酒館老闆被自己同伴們捅捅後腰，反應過來，連忙端上一碗麵，努力扯出個笑臉僵硬問道：「大人，您這回又有什麼事嗎？」

「又是麵……」雲千千嫌棄撇嘴，接過碗道：「也沒什麼，就是想問問你們夜叉族怎麼回事。」

「不是找我們要東西的？」魚人們一起鬆了口氣。還好還好，這回人家的目標不是自己。

「嗯，既然你這麼說了，那就強紅、強藍各來二十捆給我吧。」雲千千開吃，隨口應道。

不小心禍從口出的魚人甲在藥商魚人憤怒的目光中淚流滿面的抽自己一嘴巴。

藥商魚人去準備藥品，其他魚人假裝忙碌散開。只有酒館老闆作為代表，小心翼翼的坐到雲千千身邊，問道：「您怎麼想到要問夜叉族的事情？」

「我九哥被他們綁架了，夜叉族是弄出這次暴亂的元凶吧。那些海怪不就是他們放的？」嗯，這蝦味道不錯，就是煮老了些。

酒館老闆差點噴了，擦把汗，更加謹慎，戰戰兢兢道：「您、您怎麼知道的？」

廢話，她上輩子還跟著玩家大潮在活動結束時把一個夜叉族將軍殺了，這要再猜不出來就真成傻子

了……雲千千白了他一眼。「這主要是因為我智慧超群、聰穎過人、思維慎密，再加……」

酒館老闆汗，狂汗，瀑布汗。「其實這事我們國王不讓魚說的，不過既然您已經知道了，那就不用再隱瞞了。夜叉族確實和我們不對盤，以前我們的失落權杖就是那族的人偷去的……您這會問夜叉族，不知道是有什麼打算？」

「打算沒有，不過總得先去把九哥接回來吧。」雲千千呵呵一笑，順手再塞口麵條，三口兩口吞下去才道：「好像那邊挺隱蔽的，我一個人也找不到他們的位置，所以這不就想到來問問你們了嗎？怎麼，你也不知道？」

「這……說知道也知道，說不知道也不知道……要不您猜猜看？」酒館老闆淚流滿面。自己隨便洩漏機密是要受懲罰的，可是又不能撒謊……他要舉報啊，這是BUG，這絕對是BUG！

吃完收工，雲千千滿足的喝下最後一口湯，非常有氣勢的把碗往桌上一砸，翻臉拍案而起。「小子，別給臉不要臉！」

「……」

酒館老闆當然是不能這麼輕易就把知道的事情說出來的，這不僅僅是夜叉族的問題，更關係著最近幾天的活動。如果要是因為什麼意外而造成活動突然中止的話，整個魚人族自殺謝罪都賠不起。而且他完全相信雲千千有這個禍害的能力，以往諸多前例可以作證。

當然，為了自己的小命和家底著想，更為了禍水東引，該透露的還是得透露點。於是，最後在反覆斟酌之下，酒館老闆終於選擇性的吐露出了一個線索。

一切答案，都隱藏在南海海底……

011 夜叉據點

海底探密應該準備哪些必備物品？

藥品、場景隨機傳送石、夜明珠或其他無熱源防水發光物、零食、MP9、漫畫、電子書閱讀器……

「咳。」彼岸毒草重重咳嗽一聲打斷雲千千，滿頭黑線的提出個人意見：「我個人覺得準備前三類就好了。」

他說完後揮揮手，讓水果樂園一新晉堂主去公會倉庫提取物資，順便否定了雲千千的後幾項提名。

「可是，說不定要待很久……」雲千千不死心：「沒有這些我會寂寞的。」

「……相信我，如果要待很久的話，我會直接把妳抓回來，放棄搜尋九夜。」彼岸毒草的嘴角抽了抽，

說道：「反正那公主只是想追他，頂多就是來個霸王硬上弓，生命安全應該還是有保障的；再說，他比我們任何一個人都要強……有那時間磨蹭還不如回來多刷點活動分提升公會實力。」

「好一個薄情寡義、禽獸不如的畜生。」雲千千按捺不住的挑起大拇指，真誠贊一聲。現在的小草比起最初見面的那會來，真是越來越有氣魄了，以前他可沒這麼不是東西……相信她吧，這可絕對是實心實意的誇獎。

「……」嘴角繼續抽搐，彼岸毒草像是要吃人似的陰森咬牙道：「謝謝。」

東西很快收拾好，雲千千包袱款款的來到南海海邊，望著汪洋大海幽幽一嘆，深沉遠目。

一分鐘、兩分鐘、三分鐘……雲千千始終世外高人般巍然不動，一身落寞。

彼岸毒草不耐煩的看了三次時間後終於沉不住氣，走上前遲疑道：「要不然，我還是替妳安排些人跟著？」

「行啊，我要燃燒尾狐狸、零零妖、天堂行走和……」雲千千的眼睛亮閃閃，「刷」一聲回頭，BalaBala列出十來個人名。

「……其實我就隨便客氣一下。」彼岸毒草滿頭黑線，強忍克制：「快滾，別逼我踹妳下去！」

「好歹幫我開個路、拉一下怪？」雲千千分外渴望的以星星眼看彼岸毒草。

彼岸毒草默默取下背後長弓，抬臂沉腰拉開滿弦，箭尖凝出一點光簇，接著猛的一鬆手，弓弦發出嗡嗡的聲響彈射出箭枝，向天空疾射而去。天際中光電一閃即滅，接著，一片密密麻麻的箭陣就從天空中疾射下來，鋪滿了近十公尺的海面……

彼岸毒草看都不看自己這一箭的殺傷力，一看箭陣灑下，當即像被踩到尾巴的貓般，臉色蒼白的跳起來轉身就跑。下個瞬間，海裡本來還挺乖馴的小龜、小蟹群們紛紛躍起，凶猛無敵的一起從海中以疾速游上岸來，浩浩蕩蕩、氣勢洶洶的齊心殺向遠處流竄的彼岸毒草。

「幹得不錯。」雲千千傳個消息出去表揚。她滿意的看了一眼被清出一片空白區的海面，悠然下水潛走。

海底種族不少，小怪類型也各種各樣。不過一般刷新點彼此之間分隔得較遠，再加上深海處不知上下東西，不知黑天白夜，很容易讓人有暈頭轉向的不適感。所以，會選擇在海底練級的玩家也就一直多不起來，即便有少數那麼幾個，一般也不會碰在一起。

為了練個級把自己給練丟掉，回頭再不知道漂流到哪個荒無人煙的小島上去，寫本桃濱遜漂流記？這笑話不要太好笑。

不過現在的雲千千倒是沒有這方面的顧忌，手抓亞特蘭提斯特產的海圖標記，就跟有了GPS導航小雷達一樣，怪群和自己目前在海中的位置都可以在海圖上一一查詢到，海底旅行變得輕鬆寫意，配上身周不時游過的魚群、水母什麼的，更是讓這行程變得浪漫無比。

活動怪群在深海區是沒有的，頂多也就是漂浮在海面上。雲千千潛下海後，一路照著南海中心位置邊潛邊游，除了中途順手幹掉幾批普通小怪外，暫時還沒遇到其他什麼特別情況……嗯，真是什麼特別情況也沒遇到，包括和夜叉族有關的蛛絲馬跡也一樣。

游了兩個小時，雲千千分外迷茫的取出海圖尋找目前所在位置，接著發現自己已經快從南海游到東海，一路上卻什麼都沒察覺到……死魚人胖子該不是耍她吧？

「九哥，還在嗎？」刷出通訊器再次聯繫九夜，雲千千百思不得其解問道：「你能不能描述下自己被綁架時的大概情況？尤其是你怎麼被抓到現在位置的？」雖然她對九夜的方向感不抱希望，但現在他口中的線索已經是最後希望。

九夜那邊沉吟半晌：「我只知道這裡是一個海底岩洞。至於怎麼來的……」他一路走來只覺得遠看是海底，近看也是海底，方向是哪邊？

……這問題好犀利，九夜感到分外茫然：「海底岩洞？」

雲千千想哭了，難怪魚人老闆不怕自己找著夜叉族。本來她還以為又是座海底城市什麼的，目標應該挺顯眼，可是沒想到人家隱藏得那麼深，海底也是有山谷丘壑的，除了是在水下之外，地貌跟陸地也差不了多少，想在這麼大片地方找個洞？自己找到頭髮都白了也不一定有戲。

「怎麼，妳想來？找不到？」九夜平靜無波的反問。

雲千千抓狂：「等著，我讓狐狸算算。」

一直是讓燃燒尾狐算人了，不知道算洞在不在行？雲千千滿懷期待的傳出消息，不過一會，對方速速回信。

「卜算技能不足，無法占卜。」

雲千千淚流滿面。

「哎呀！」

雲千千正悲戚間，水中突然順流飄來一個耳熟男聲……別問水裡怎麼傳聲，這是遊戲，一切皆有可能。

雲千千回頭循聲望去，正好見一面熟男子正匆忙拉了一面熟女子倉皇逃竄。

「快跑！又是蜜桃多多……馬的，她包工程怎麼還包到海底了？」

「站住！」雲千千眼前一亮，終於看到希望。下一秒，她身手敏捷的「刺溜」一聲竄出，迅速將逃跑二人攔下。「靠！跑什麼跑，老娘又不會對你怎麼樣！」

九牧公只一愣神間，就見自己愛情路上最大的夢魘已經攔在身前，頓時一個沒忍住，小淚長流，激動得全身顫抖，悲憤長嘆：「老子還情願妳是想對我怎麼樣！」不是這麼玩人的啊，怎麼上天入海，這裡那裡都能看到這位小姐？難道不知道想穩定果蔬市場經濟，必須先得要防止水果氾濫貶值？

棋子妹妹對雲千千顯然也是心有餘悸，見人出場立刻先反射性四下張望，見海還是海，水還是水，沒

有出現什麼可疑工程機械及勞動玩家，四周也依舊是只有深幽暗流聲，這才不自覺的鬆口氣，怯怯的舉手、提問：「請問……有什麼事嗎？」

多善良的女孩啊！雲千千淚流滿面，比起男人們，還是女孩子來得心細體貼。男的只知道看自己就跑，也就女孩子還會關心下自己……

雲千千想了想，放柔聲音哄勸：「也沒什麼事啊，就是想問問你們在這片海域看到過一個海底岩洞沒？」

對方畢竟是搞地質學的，遊戲裡又是旅行者，想必對所到之處的地理環境應該很熟悉才對吧。

九牧公警惕：「妳想幹嘛？」

雲千千愣了愣：「我不想幹嘛，看起來好像你倒是有想幹嘛的想法？」莫非自己又不小心染指到了對方的新約會聖地？

九牧公的眼珠子轉一圈，大概知道早晚也是瞞不過去，索性一橫心、一咬牙說道：「海底岩洞我們倒是真知道，但是有一點，我和棋子剛商量好打算在海底小度個蜜月，節目就是海底漫步和探索那岩洞，妳……」

「喲，原來還真是新約會點啊？」雲千千樂了，也不知道是自己運氣太好還是對方運氣太差，怎麼每回都能這麼撞上呢？

地圖一收，雲千千也大方稍稍告知對方她的目的：「正好，那洞裡有隱藏種族，最近那族的 NPC 正在集體更年期，對玩家好像不大友好……這樣子吧，你們帶我過去，我帶你們探索。那洞底深處好像是個小型聚居地，回頭到了地方我們再一拍兩散，我做我的正事，你們打你們的野……」

「怎麼說話的呢？」九牧公義正詞嚴的打斷雲千千的話頭，可惜他眼底隱藏很深的一片淫蕩已經出賣了他。

流浪的棋子小臉通紅的埋著腦袋，站一邊不說話。

「……對了，忘記你們級低，不能打野怪。」雲千千想了想抓頭，不好意思道。

九牧公驚訝：「野怪？」

「是啊。」雲千千皺眉，看眼前尷尬的小情侶一會後，突然大驚失色：「你們剛才想到哪裡去了？難道你們以為我是叫你們去打野……」

流浪的棋子臉上頓時更是紅得像要滴血。

九牧公淚流滿面的連忙伸手把這人的嘴捂住：「大姐我錯了，求您閉嘴吧！」

這小姐可是太刺激人了，千萬不能讓她把話說全。不管那野字後面跟的是炮還是戰，都肯定不是自己這小心臟承受得起，萬一小棋子美眉羞極反抗，到時候料想連拉拉小手都不大有可能了……

有地質局的小情侶在前面老馬識途般帶路，不到二十分鐘，雲千千眼前就出現一座幾十公尺高、方圓近千公尺的巨大山勢。而九牧公口中那個他二人一起發現的海底岩洞，光是高度也足有三公尺左右，差不多比得上兩個雲千千疊羅漢那麼高了。

「藥帶夠了嗎？」進洞前，雲千千習慣性詢問。

小情侶對視一眼後，九牧公一挺胸膛，分外自豪：「我們從不帶藥！」

雲千千整理動作一僵，繼而苦口婆心勸說：「這個錢是不能省滴，不帶藥怎麼行。要不我這裡有多的給你們一點吧，不過你們得折現給我錢，實在困難的話，也允許簽借據……」

「我們什麼怪都殺不了，如果在這裡真要被攻擊一下的話，基本上就是秒殺了，還帶什麼藥？」九牧公呵呵一笑：「旅行者只有逃跑和隱蔽技能，所以到時候真要打起來的話只有妳能上來……大姐，我相信妳一定能保護好我們的。」

說到最後，九牧公一臉凝重的拍拍雲千千肩膀。

雲千千的臉抽了抽，沉默三分鐘後乾笑：「真是長江後浪推前浪，在江湖上混那麼久，總算見著比我還不要臉的了。」

「……」

九牧公和流浪的棋子還真沒堂堂正正的進過高級地圖，這兩人一般是以流竄為主，隱藏身形，在怪區

一閃而過，齊奔向那約會的前方……閃得快，也就跑過了；閃得不快，死了重來，反正也沒什麼經驗可掉，兩人根本不心疼。

當然，偶爾為了氣氛需要，二人時不時也奢侈一把，打工賺夠了錢，或者以幫人繪製地圖為代價，僱上一些高等級玩家帶他們悠閒踏青。別人在旁邊清著場刷怪，他們就在旁邊摟著抱談情。

可是，一般玩家的能力終是有限，他們兩個的技能效果也有限。實在是太過高級的地圖，或者是小怪甚是密集的區域，想要探索就有些難度了。畢竟旅行者也要給些限制，總不能讓他們在某方面超出一般玩家太多嘛。

到了雲千千這樣的境界和實力的高手，一般都只是賣身不賣藝了，他們只需要負責被些大勢力團體招攬去當威懾武器供著，很少再有親自出來打工摸爬的機會。於是九牧公二人也就沒什麼機會請到這樣的人助陣，帶領他們深入更高級的約會場地。

這次機會難得，小情侶二人興致都十分高昂，歡歡喜喜的手拉著手跟在雲千千身後進洞，連隱藏技能也不用了。他們一路走一路看，觀察得分外仔細，還津津有味的交談研究著地理環境，一副很是滿足的樣子。

雲千千滿頭黑線的在前方小心翼翼開路，越游越感覺自己就是那打手狗腿子，而後面兩個則好像被她保護的高官政要及其二奶……早知道應該跟他們要傭金的，真是太吃虧了。

這岩洞內的空間格局看上去像一個被倒放的花瓶。三人一游過前半截岩洞，後面即豁然開朗，原本不過兩公尺寬的甬道忽而變為一個大大的洞穴，一眼看過去就是一個圓形。

圓洞中，三五成群的夜叉族人手執鐵叉正在巡邏，而另外一條通路則在這些夜叉族人後方的洞壁上……

「要開打了，站遠點。」

雲千千抬手刷出法杖，周身瞬而纏上劈啪作響的電弧，杖頭一揮，向最近的一個夜叉族人刷去：「雷咒！」

夜叉小怪沒刷過，但是雲千千鑒定過。當初雲千千在人家的地盤不好下手，為了以防萬一倒是扔過鑒定，也不過是五十級左右的等級，不是物理戰系就是水系法師，對除了水系外的其餘魔法抗性都不強，只要等級夠、MP足，一般而言很是好刷。

雲千千一條雷咒勾引來六隻夜叉小怪，桀桀一笑，帶著九牧公和流浪的棋子迅速後撤，退進甬道足十多公尺後，順手再放一個天雷地網在甬道中。

因為地形關係，追趕來的夜叉族只能魚貫進入甬道，兩列三行排得分外集中。天雷地網一點沒落的被六小怪分攤傷害，血條瞬間降去大半。雲千千再抬手，雷霆地獄補上，經驗值順利收入囊中。六隻夜叉小怪在發出白光後大方掉給雲千千 7 銀 33 銅……

只要守好有利地形，清光巡邏夜叉小怪並沒什麼難度。

不到半小時時間，圓洞中已經空無一怪。雲千千帶隊伍正要深入，兩個夜叉族將軍從另外一邊洞壁中游了出來。

夜叉族將軍甲皺眉，看了眼被屠殺一空的圓洞，厲聲喝問：「是誰幹的？」

踏馬的，這麼快就刷 BOSS 了，還是兩個……丟完鑒定術的雲千千腦袋一縮，正想開溜，就聽旁邊的九牧公順口很懂事對她說道：

「我和棋子給妳讓開點地方，繼續加油啊。」

剛打小怪的時候，人家就嫌他站得太近礙事，現在 BOSS 出來了，自然得再多騰點場地出來……九牧公最大的優點就是體貼，尤其對女孩子，那是格外的體貼。

夜叉族將軍中、乙聽到這邊聲音，抬叉就是一個水龍刷過來，斷喝道：「誰!?」

「我。」雲千千避開水龍，淚流滿面的跳出來。「別開槍，是我。」

夜叉族將軍乙還要動作，夜叉族將軍甲連忙把人拉住，臉色凝重的打量雲千千足有一分鐘：「您是……九夜大人的同族？」

九牧公二人大驚。

這人怎麼連 NPC 這邊的人脈都有？

「是我。」雲千千深情而真誠道：「二位想必也知道，當初我和九哥從夜叉族離開，主要是因為貴族

國王對九哥的不滿。但是實際上我和公主關係很不錯的，也把夜叉族當成是自己第二個家……」

聽到這裡，夜叉族將軍甲不滿的冷哼一聲，意有所指的目光掃視周圍一圈。原本滿滿遊盪著夜叉族人的圓洞裡現在毛都沒一根……

「……當然了，剛才的事情只是一個誤會，關於這點我可以解釋。」雲千千擦把汗，突然發現這人好像不大好糊弄。

偏偏九牧公還要不懂眼色的在隊伍裡出聲疑惑：「妳這麼說法他能信？」

「信不信等糊弄了再說。不過我料想成功率只有三成，做好跑路準備……」雲千千不甚樂觀。

「只有三成妳還騙？」丟不丟人啊，跟一個 NPC 卑躬屈膝成這樣子……

「廢話，人家那邊有兩個，這邊就我一個人。」雲千千怒。

九牧公一怔，感嘆對方之現實：「難怪了，妳……靠，我和棋子不是人啊？」

「……」你們不是人，你們是拖油瓶……雲千千滄桑感慨，偷偷摸了把空間袋，確定一下自己需要的東西還在，這才總算心安了不少。

兩個夜叉族將軍對視一眼，齊齊上前抬起鐵叉：「不管是什麼理由，妳無辜屠殺我們族人都是事實。有什麼想說的等死過一次再來吧！」

他們說完，再不給雲千千解釋的機會衝上前來。

「臥糟！」雲千千炸毛。這還講不講道理了？剛才外面那些是小怪，自己和人講話人家也不聽的，要不他們以為她願意費那事囉嗦？

「雷霆地獄！」

電場全開，瞬間充斥整個甬道，雲千千看也不看一眼，趁著這難得爭取到的短暫時間，一手一個拉了小情侶二人轉身就往外跑。

九牧公先是一愣，繼而甩手：「放開！妳跑妳的，不要拉我們。」

雲千千眼含淚花感動，邊跑邊往身後補雷，堅定道：「別說了，既然答應帶你們來，我就一定不會讓你們死我前面。」她本來還想到萬不得已時再把人推出去當誘餌，現在一看這情況，真要把人推出去了自己得羞愧而死。

這麼低的等級就敢於直面高階的BOSS，敢於直面慘澹的人生……勇士啊……

當然了，也不排除人家等級不高，所以死了也不心疼的可能性……

「妳誤會了。」九牧公被抓著邊跑邊嚴肅解釋：「旅行者的逃跑技能是專用加強的，我和棋子又經常用，早滿級了，速度比妳快得多。」

流浪的棋子在旁邊跟著哼哼：「牧哥哥說得沒錯，妳拖累我們了……」

雲千千踉蹌一下，吐血二兩，發狠的甩開兩個壞人後，果然就見這對狗男女一擺脫束縛就如發瘋的野

狗般，「刺溜」一聲，迅速竄得無影無蹤。

「……果然不是蓋的。」雲千千淚流滿面，順手再往身後補了一個天雷地網，正要也跟著開了魅影，突然就見前方代表逃脫希望的洞口外，「轟」的一聲被不知道哪裡砸下來的落石封住，斷掉了她的退路。

「妳已經跑不掉了！」夜叉族將軍甲、乙分外生氣。

從剛才開始兩人就一直被電，左一個天雷地網、右一個雷霆地獄，小閃電劈劈啪啪的，不僅老是讓人全身麻痺不說，還硬是把他們電了個七分熟，本來皮膚就夠黑的了，現在竟然還帶了磨砂感……馬的，她以為自己在加工工藝品呢？

快要撞牆的雲千千抽空回吼：「跑不掉也要跑！」她說完再補一雷，再一個急轉彎，趁著兩個將軍被麻痺定住的空檔，衝過二人身邊的空隙，往反方向繼續跑。她邊跑邊從空間袋裡往外掏垃圾，試圖給人製造障礙，香蕉皮、蘋果皮、殘湯剩菜、空藥瓶……

夜叉族將軍甲、乙一起吐血，見過無恥的，就沒見過這麼無恥的。而且她身上這麼多垃圾到底怎麼保留下來的？

「你留我追！」電流快感過後，夜叉族將軍甲斷然喝道，讓夜叉族將軍乙留在原地，防止人再來次回馬槍，自己則是一提鐵叉，咬牙切齒的繼續追了上去。

雲千千見夜叉族將軍甲也被自己耍得有了智商，前方甬道出口料想也是被封，只能咬牙使出絕招。她的手往空間袋一伸一掏，指間拈一個細長小香出來胡亂在身前一劃：「霹靂無敵召喚獸！」香尖無火自燃，一顆六芒星虛空閃爍，金光大放，氣勢逼人。夜叉族將軍甲人駭，腳下不由自主就跟著慢了一步，不知道這究竟是什麼秘密武器。

就在他這一閃神的瞬間，雲千千再一甩臂，六芒星中就被丟出一個人影。

夜叉族將軍甲反射性提起鐵叉往身前一擋防禦，「碰」的一聲，正好擋住朝自己飛射撲來的那個身影。

「……馬的。」人影噴出一口小血，臉色蒼白、眼神憤怒的抬起頭來，顯然被剛才那下撞得不輕。

夜叉族將軍甲本來正要順手再劃出一記，結果正好對上對方抬頭，看清來人的五官後，夜叉族將軍甲頓時驚得手中叉子都掉了。「駙駙駙駙駙駙馬？」

「九哥威武，揍他！」雲千千歡欣雀躍的在九夜身後蹦蹦跳跳。

九夜陰沉狠厲的回頭一瞪：「揍妳。」他說完卻是雙臂垂下一抖，袖口滑下兩把匕首來，一前一後以迅雷不及掩耳之勢交替向身前的夜叉族將軍甲劃去。

夜叉族將軍甲一時不防被砍了個正著，立刻隔開九夜，帶著胸前兩道血口迅速後退，手足無措的愣在原地，殺也不是，不殺也不是。

九夜借力順勢一個後躍，翻身落地，站雲千千身前慢慢轉身，一字一頓、陰森森的咬牙切齒：「什麼意思妳。」

「九哥，許久不見，你還是這麼身手矯健、英武不凡啊哈哈……」雲千千乾笑，眼神飄移的尷尬四望……她那不是被逼急了嗎？要不哪還至於使出這麼一招？

九夜默然：「這就是妳說來接我的方式？」

「呃，操作不熟練，以後多幾次就好了。」雲千千虛心道歉，順便安慰九夜：「我也是迫不得已啊，您等級那麼高，不召你召誰啊。」

「……不是還有一個凱魯爾？」

「咦，真的耶！」雲千千一怔，恍然大悟。

「……」香蕉的。

夜叉族將軍乙跑上來和夜叉族將軍甲並肩而立，兩個NPC傻傻對視一眼，愣在原地都有點懵。眼下這情況到底該怎麼辦啊？

「殺不殺？」九夜對夜叉族將軍們倒是沒有他們對自己那麼客氣，隨意瞟去一眼，根本沒覺得有什麼不好下手的意思。

「這個，不大好吧。」雲千千為難：「好說人家剛才也叫了你一聲駙馬，殺了他們不是寒了人家心嗎？」而且更主要的是，人家等級都高，萬一真要被九夜逼到無路可退跟自己來個魚死網破……不知道凱魯爾介不介意幫自己這邊，就怕人到時候去和族長告狀……

「那就走？」九夜當前方的兩個夜叉族將軍不存在，跟雲千千旁若無人的淡定商量。

「可是，我還想去夜叉族的臨時據點看看……」

九夜皺眉問道：「妳剛剛不是說來接我？」

「……」用頭髮想都知道自己不可能為一個男人專門下海潛水三千里了，要不是想到這裡搜刮一下財寶和任務，她一個香就可以直接召出人來……雲千千默然抬頭望石頂，不知道這個問題該怎麼回答。她照實說，對方應該不會翻臉……吧？

雖然雲千千不說，但不代表九夜猜不到。他實在太了解身邊這傢伙是什麼德性了，了解到想裝傻都覺得是侮辱自己智商……臉色鐵青冷哼一聲，九夜再轉回頭去，心情分外不美麗的匕首一抬，遙指兩個夜叉族將軍：「打開甬道，滾。」

夜叉族將軍甲、乙再對視，鬱悶下，居然當真撿回叉子打開甬道，一聲不吭的率先閃人。

「貴族階級就是不一樣，傍上富婆的你真是格外有氣……呃，我錯了。」雲千千冷汗刷刷的瞪著比到自己鼻尖前的匕首，一動不敢亂動。

調戲歸調戲，雲千千實際也知道夜叉族將軍不可能真有那麼聽九夜的話。料想只是礙於夜叉族公主的面子，不敢對這人下狠手罷了。不過打開甬道之後，兩人肯定是回去報告去了。九夜在臨時據點迷路那麼久，夜叉族公主肯定早就找瘋了，這會應該是不怎麼高興呢，說不定下一分鐘就能看到夜叉族人抬著十八

抬大轎來迎接自己駙馬……

「對了，九哥，這個給你的。」刷出一個易容面具遞給九夜，雲千千順手教他怎麼使用：「裡面預先存了三張臉，有一張是剛才在這裡一個男人的，你就先用他的，免得惹人懷疑。」

九夜抓著易容面具翻來翻去看一會，抬頭問道：「哪來的？」

「嘿嘿，叫天堂從他師傅那扒的。不過這東西裝備後就綁定了，不能再轉送別人。」

不置可否的罩上面具，九夜搖身一變，變身九牧公。

雲千千看得嘖嘖有聲，一見這臉就很想衝上去踹兩腳……香蕉的，這兩個狗男女剛才居然跑那麼痛快，太不夠意思了。

過了圓洞，穿過甬道，雲千千和九夜頓時出現在夜叉族的臨時據點。這裡已經不再有海水，而是被結界隔出一了個空間來。小小的通道裡，地穴居然四通八達，像個地下城市般。

兩人還沒走開幾步，果然收到風聲的夜叉族公主即帶著夜叉將軍甲、乙與幾個侍衛風風火火趕到。

見到雲千千，夜叉族公主先是一愣，接著就開始左顧右望，眼神只在「九牧公」身上停留一秒就過去了，根本沒有任何留戀。

沒發現九夜的身影，夜叉族公主著急的抓了雲千千就問：「九夜哥哥呢？」

雲千千不自禁打個寒顫，乾笑：「妳九夜哥哥有事要離開下，過陣子才會回來。他叫我在這裡等他。」

夜叉族公主本來不信，一聽有人質才高興了，羞澀一低頭，黑臉上浮上一朵隱藏得很深的紅暈。「嗯，那我先帶妳到處轉轉，我們一起等他回來……對了，這位是？」夜叉族公主終於是注意到一旁站著的「九牧公」。

夜叉族將軍甲俯身在夜叉族公主耳邊嘀咕了幾句什麼，夜叉族公主恍然大悟：「原來是妳的同伴，不是聽說還有個女孩？」

「那女孩生孩子去了。」雲千千隨口胡說八道。

夜叉族將軍甲皺眉，再俯身嘀咕。

夜叉族公主疑惑：「聽說她肚子不大啊……」

「早產，剛才運動量太大，不小心動胎氣了，不足月的看不大出來。」雲千千繼續胡說八道中。

「哦。」天真純潔的夜叉族公主信以為真。「那麼兩位請跟我來吧。」

二人一 NPC 率領一眾夜叉族人浩浩蕩蕩來到臨時據點中的臨時行宮，夜叉族國王正站在門口，臉色凝重。他見夜叉族公主回來，卻沒看到九夜，同樣是愣了一愣，再收斂臉色，淡淡點頭：「進來吧。」

夜叉族公主嬌羞的一噘大嘴，微嗔的哼了一聲，一副老女人嬌態的別過頭去。

雲千千看一眼就腳軟得抓了身邊九夜，感覺有點頭暈眼花，同情的開隊伍頻道：「九哥，我終於知道

你的痛苦了。」

九夜沉下臉，咬牙。

進了行宮裡大廳坐下，夜叉族國王盯著雲千千看了足有十分鐘才沉聲開口：「聽說妳在周邊殺了我族不少子民？」

「嗯。」雲千千點頭，反正也賴不掉，不如大方承認。

夜叉族國王默然，看人這死不悔改的樣子有點不爽。「為什麼殺他們？」

「主要是誤會。」

「哼，什麼誤會？」夜叉族國王不滿。

「很複雜。」

「有多複雜？」

「這個，不大好形容。」

夜叉族國王幾乎要捏碎手邊扶手，一字一頓：「沒關係，妳形容給我聽聽。」

「……我語文不大好。」

沉默三分鐘，當夜叉族國王以為雲千千終於要開口時，後者羞澀一低頭，不好意思抓抓頭髮回了一句。

「喀嚓。」

扶手終於還是被夜叉族國王一個沒控制住捏碎了，滿室夜叉族人皆驚嘆景仰的看雲千千。

這人到底該說是膽大包天還是死豬不怕開水燙？夜叉族國王深深的震撼。上一次見面時交道打得少，他雖然在人家手上吃了一個小虧，但還是沒有現在這麼深切的認知。本來失落權杖已經不在手上了，他也不想就以前的事情繼續糾纏，女兒愛幹什麼就讓她幹什麼吧。可是現在這麼一看，有這樣子朋友的駙馬能是個好歸宿？

夜叉族國王愣神許久，深呼吸幾口，終於決定先把這件事情暫且放下，轉過頭來再看九牧公：「這位是？」

「他是旅行者，叫九牧公，沒有戰鬥能力的，只愛帶著女朋友到處遊山玩水。」九夜不知道自己COS的角色資料，雲千千連忙搶答。

夜叉族國王顯然很不喜歡雲千千，聽到也裝沒聽到，依舊執著的關注九夜：「哦？旅行者？我曾經聽說過大陸有這樣的職業，聽說你們了解各地風土人情，經常四處流浪……不知道閣下怎麼會找到我們夜叉族的臨時據點？」

「主要是尋找約會聖地的時候一個不小心碰到的，說來這也是緣分啊。」雲千千感慨萬千。

確實是緣分，要不是一而再、再而三的碰到這對小情侶，自己也不能和對方認識；要是不和對方認識，自己今天料想也找不到這麼難尋的地方……好人果然有好報。

夜叉族國王繼續無視雲千千。

「不知道九牧公閣下對夜叉族了解多少？」夜叉族國王和藹問。在他的認知裡，這人是沒屠殺夜叉族的，又不是戰鬥職業，那當然就是一個和平主義人士，NPC向來就歡迎這樣子的人，畢竟也沒人老愛打打殺殺的。當然了，如果有必要的情況下，他們也還是會欺負這種人的，畢竟欺負玩家始終都是這世界中NPC的終極任務目標……

雲千千笑呵呵，彷彿根本沒看出來人家嫌棄自己。「我這朋友雖然經常到處跑，但進入夜叉族的條件太嚴苛了，所以他暫時也沒機會……」

「那不知道閣下想在這裡停留多久？如果願意的話，我們可以給你辦理夜叉族周邊玩家的申請手續……我不要妳回答！給我滾蛋！」

眼看雲千千再一次想插嘴，夜叉族國王終於暴走，喊來人，直接把雲千千丟出去。

夜叉族公主急急追出來，同情的扶起雲千千：「我父王脾氣有點不好，妳別往心裡去。」

「不用同情我，妳還是同情同情妳父王吧。」雲千千揉揉屁股，鬱悶的站起來。「我那朋友脾氣不好，耐心更差，我怕妳父王再嘮叨下去會被他做掉……」

「呵呵，討厭啦，妳真會開玩笑。」夜叉族公主嬌羞一笑，輕捶了雲千千一下。

雲千千立即又是一個冷顫。

夜叉族公主笑呵呵的輕鬆道：「妳那朋友才十級，我們也鑒定過了，他哪有本事動得了我父王。」

「就是這樣才可怕……」雲千千喃喃自語。

這年頭低調裝神秘才是王道。要是九夜本尊站那裡，大家都知道是一個高手，自然會有顧忌。可是這會人家是戴了易容面具的，外觀資料全是弱不禁風的九牧公……誰能想到小綿羊會變身大野狼!?這年頭，說實話就是沒人信啊……

夜叉族公主根本沒把雲千千的勸告聽進去，雲千千更不可能老實告訴人家，說其實那就是妳心心念念的九夜哥哥，覺悟吧，孩子，他不是妳眼中看到的那樣兒……

於是無奈之下，雲千千也只有把希望放到了九夜本身的克制力上，希望這人身為網路警察的道德素質過關，最起碼多點尊老愛幼的精神，不要對那麼一個糟老頭子下手。

越想越覺得不放心，雲千千偷偷給九夜傳去消息勸告：「衝動是魔鬼……九夜，不要衝動啊。」

對面沉默半分鐘，才回來一個讓雲千千忐忑不安的回覆。

「我盡量……」

夜叉族內正在調兵遣將，與其說這是臨時的聚居地，不如說這裡是臨時的軍營。

調的兵去哪？這不是很明顯的事情嗎？為活動最後一天的夜叉族登陸做準備啊。

「公主啊，那些海裡的魔怪也都是你們族的？」雲千千在夜叉族公主的陪同參觀下，饒有興致的閒逛，看到興起，隨口問了一句。

夜叉族公主一個激動，差點把雲千千領子拎起來。

「妳……哈哈，開什麼玩笑，那麼大聲勢的海獸暴動，還企圖奪取亞特蘭提斯秘寶，占領海域，這可是事關重大，哪可能是我們夜叉族敢擅自挑撥起來的。」夜叉族公主邊說邊乾笑，一臉尷尬。

「……我還沒說那麼多呢。」雲千千古怪的看著夜叉族公主。

夜叉族公主臉紅沉默。

雲千千忙安慰道：「哎呀，大家都那麼熟了，妳不信我難道還能不信九哥?說說吧，我就是好奇，真的。」

原本不敢亂說，但夜叉族公主一聽問題居然都上升到對九夜信任與否這個高度了，趕忙跟著解釋：「其實這件事情挺複雜的……」

「沒關係，我有時間。」雲千千笑咪咪又笑咪咪。複雜?怕的就是妳不複雜，越複雜才越帶勁。

其實，話說白了，這還是夜叉族和魚人族原本就有的那些宿怨，畢竟打架打那麼久了，雙方早已經默契的把對對方的敵對關係視為自己生活中不可缺少的一部分，不僅是他們的生活主題，更是畢生的追求。要是哪天不想著怎麼替人設個圈套的話，兩族人都覺得渾身不得勁。

夜叉族國王手裡抓著失落權杖的時候還好一點兒，總自我感覺壓了魚人族一頭。可這冷不防的權杖丟了，他頓時感覺空虛寂寞冷，善解人意的自家閨女還為了一個小子跟他槓上。種種壓力和不滿之下，夜叉族國王就這麼爆發了，決定幫自己找點事幹……

「……海怪是魔海螺召喚出來的，父王千辛萬苦才找到了這個神器，派了我族最精銳的大將軍帶去魚人族的亞特蘭提斯吹奏。本想趁著亞特蘭提斯混亂的時候搶出秘寶，沒想到卻傳來消息，說魚人族有人帶著秘寶偷偷逃到了陸地……」

夜叉族公主咬牙道：「魔海螺召喚出來的海怪們對魚人的氣息十分敏感，所以將軍這才又到了海面上召喚海怪。從召喚出的海怪動向上，我們可以很肯定的判斷出那個帶著秘寶的魚人確實在岸上；而魚人族也浮上海面，煽動不明真相的冒險者幫他們阻擋海怪。於是事情就變成了現在這樣。」

被人當槍使了啊！雲千千摸摸下巴，身為被煽動的不明真相的圍觀群眾，她倒沒怎麼感覺氣憤填膺。別管事情怎麼樣，活動就是活動，魚人族要是不來，玩家上哪找樂子去？

所以嚴格說起來的話，她好像反而還得感謝人家才是。不過這些事情現在可以先撇到一邊，雲千千目前最感興趣的是那個魔海螺……

「魔海螺是哪裡弄的啊？還有多的嗎？」

「沒了。」夜叉族公主連忙堅定搖頭。「這東西是神器，又不是白板裝，哪可能到處都能見得到。妳殺了我父王最多都只能掉個暗金階呢，運氣要是一般的話就是兩個紫……呃，也許是我多心了，但是您現在這表情是什麼意思？」

「沒什麼，哈哈。」雲千千乾笑，把嘴角口水趕緊擦擦，一副嚴肅正經狀解釋：「最近有點上火。」

「……」上火會流口水？自己剛才不會是說了什麼不該說的話吧？好像沒有啊，她只說了父王身上可以掉出暗金階，可是九哥朋友又怎麼可能會對她父王下手？……多心了，一定是多心了。夜叉族公主幫自

己做著自我催眠。

雲千千還真不會對夜叉族國王下手。這和他身分沒關係，主要是人家那個等級……拿著魔海螺的那個將軍她是知道的，料想就是活動最後一天急了眼的那個夜叉族將軍。80級精英BOSS，一般玩家上去都是被秒殺的分，最後還是和王城派出的騎士隊長一起配合，才慢慢磨殺了對方的血條。

連個夜叉族將軍都如此剽悍，國王的實力就更不用說了。當然了，如果要是水果樂園的成員平均都有個75級左右的水準，再算上隱藏種族的優勢，配合得當的話，沒準也是能拿下夜叉族國王的……如果他不召士兵的話……

暗金階算什麼，等獎勵豐厚的活動一完，再加緊刷個一月、兩月的，雲千千相信，自己總有可以率兵去殺夜叉族國王拿到他掉下的暗金階裝備的一天，當前主要精力還是應該集中在魔海螺身上。

九夜那邊會見完畢，雲千千這邊趕緊拉了人來商量偷……搶……嗯，應該叫拿魔海螺的事情。

九夜一見雲千千就直奔主題：「想做什麼？」

「呃……」雲千千略一躑躅。

「別說一刻不見如隔三秋，也別說這麼一會妳又發現我分外英俊瀟灑、帥氣逼人，有……事就放。」

九夜聽了夜叉族國王一小時多的唸經糾纏，因著雲千千的叮囑，強忍著沒有暴起行凶，但是心情早已

經是分外的差，情緒也十分之不耐煩。眼看雲千千還有跟自己靦腆害羞、委婉婉約的意思，他自然是忍無可忍，直接把話都堵死了，叫人有話直說。

不過他也覺得奇怪，照說自己扮的這個人只是一個旅行者，就算再怎麼引人注目，也不至於會讓夜叉族國王關切成這樣子才對。莫非是其中有什麼奧妙玄機，不然就是對方其實早看穿自己身分？

正好雲千千也懶得囉嗦了。人家那麼配合，自己當然也不能太不爽快：「我們去偷神器吧。」

「……」九夜強忍著沒把手放這女孩額頭上去探探溫度。他就覺得奇怪了，這人以前看著怎麼都該是現實主義的，怎麼現在成幻想派了。

神器？遊戲裡要是有這東西，那破壞平衡也太嚴重了。再換句話說，就算真有神器了，按目前的遊戲開放進度來說，怎麼也不可能這麼快就流落到玩家手裡的。身為網路公務人員，這點規則九夜用頭髮絲都能歸納得出來。

發現九夜看白痴般的看自己，雲千千一口小血強嚥下去：「別這樣子，我知道你肯定不相信，但我真的聽到了一個神器的消息，就在剛才，夜叉族公主親口……」

「那好，先去做什麼？」

「跟我說……咦，你信了？」

九夜冷笑道：「信不信的反正到最後都一定會被妳拉去，有區別嗎？」

「……」確實沒有。

要弄到魔海螺，當然得去找那個帶魔海螺出征去了的夜叉族將軍。這 NPC 據說是國王的親兵，對失落權杖的事情也有所耳聞。所以照此類推，他對九夜的態度肯定也跟國王是一樣的不喜歡。不管人家是不是公主的心上人，反正他只知道是這小子拿走了夜叉族的失落權杖。

九夜的面子明顯在那賣不通了，雲千千只好另想辦法。聽說該將軍是妻管嚴，她就把主意打到了將軍夫人身上，看能不能弄點什麼信物之類的東西，好讓她能拿著去見夜叉族將軍……

「聽說那將軍的老婆是個三八，對著手下人賣死命的欺負，沒事就家暴虐待孩子，還不准人家說。夜叉族裡沒一個和她聊得來的，到哪裡哪裡冷場，走哪裡哪裡清空……」雲千千一邊帶著九夜往自己打聽出來的地方走，一邊介紹將軍夫人。

九夜暗暗心驚，同時驚訝於夜叉族將軍的品味。他雖然是個 NPC，但也算有身分有地位的人物了，再說擬真遊戲裡的 NPC 也都有智商，這人怎麼就變態到喜歡上還娶上了這個老婆？

一路走到將領駐紮區，九夜問道：「隨軍家屬？」嗯，如果對方是隨軍的話，那代表還是能吃苦的，起碼和丈夫同進同退，總算是有個優點……

「不是，那女人也是一個將軍，還比她老公官大。」雲千千隨手抓來一個 NPC 問道：「你們XX將軍

在嗎？我們是她老公的朋友，特地來拜訪的。」

九夜大驚：「也是一個將軍？」

駐紮區中，黑壓壓一片人群正圍在一個母夜叉族將軍身邊聽受教誨。後者似乎是在做什麼教學演講或戰術排演，手拿教鞭在身後畫了地形圖的黑板上指指點點，抑揚頓挫，一派大將之風。

報信的 NPC 上前去湊在母夜叉族將軍身邊講了幾句什麼，接著就見對方往雲千千這邊掃來一眼。

雲千千有風度的親切揮手。

母夜叉族將軍點點頭，收起教鞭結束演講，讓身邊將領們散開，這才走了過來笑道：「原來是駙馬和修羅族的朋友，不知道你們是什麼時候認識我丈夫的？」

雖然夜叉族個個長得都挺寒酸，但不得不承認的是，有些人天生就有氣場這種東西。母夜叉族將軍雖然臉上疙疙瘩瘩的還黑，但雲千千看她竟然比看夜叉族公主順眼了不少，呵呵一笑：「以前認識的。您丈夫紅腰帶、灰衣褲，尤其擅使風波滅，那風姿叫一颯爽，長得可真帥。」

九夜覺得她這句話像罵人了，忍不住掃過去一眼，同時也好奇她哪知道這麼多消息，莫非這也是公主說的？

母夜叉族將軍倒是笑得更親切了，眼神柔和不少。「他就愛用風波滅。我都跟他說過幾次了，風波滅

之後最好配個煙雲浩淼，一能蒙蔽敵人視線，二能加強水法效果，這樣牽制效果和殺傷力會好上更多。可他嫌那招看起來太軟了，怎麼都不聽勸……」

「呵呵，多點經驗就會好了。」雲千千擦把冷汗，暗想這女人果然是夠狠，還好那夜叉族將軍沒聽她的，不然玩家們想殺夜叉族將軍就更是困難重重了。

兩個女人邊聊邊走，九夜聽著對話內容，怎麼都覺得這母夜叉族將軍沒雲千千說的那麼差勁，忍不住一拉前面那女孩，在隊伍頻道問道：「那公主真像妳那麼說她？」

「嗯……原話稍微有點出入，她說得太囉嗦了，我那是概括。」

「……原話怎麼說？」

「說這母夜叉族將軍性格耿直剛毅，比一般公夜叉都要來得烈性，而且原則性極強，只要見到有人做得不對，哪怕那人官階再高、實力再強，她也不會給面子。同時對手下兵士要求嚴格，經常加強訓練，因此她手下的兵也一直是夜叉族中的精銳部隊之一。」

「而且這母夜叉族將軍不僅對外人如此，對家人也沒有半點縱容姑息，兩個兒子年紀小小就被她送進軍營接受訓練，和其他士兵同吃同住，訓練量沒有半點偏袒。別人看不下去了勸她，她卻呵斥人家說孩子要從小鍛鍊，不能讓他們變成紈褲……如此這般的，夜叉族人都很尊敬這個將軍，但凡是她走過的地方，不管任何場合，其他人都自動敬禮讓道以示尊重……順便補充句個人想法，夜叉族公主說這話的時候好像

很崇拜這女人，我懷疑是她的偶像，所以真實性很有待懷疑。」

「……」三八、下死命欺負手下、虐待孩子、不受喜歡、到哪裡哪裡冷場……原來這才是真相……九夜咬牙。

謠言是可怕的，因為真相在反覆的傳播之後，總能變得面目全非，讓你無法窺到半點原本的影子。而更可怕的是，如果不幸遇到一個像蜜桃多多這樣的謠言散播者……

跟著母夜叉族將軍進了她駐紮的營帳裡，母夜叉族將軍隨意招呼二人：「你們自便，我去準備點酒菜來。」

雲千千本來已經想張嘴進入正題了，一聽這話立即拉著九夜一屁股坐下。「好啊好啊，大家都那麼熟，隨便弄點燕窩、魚翅、龍蝦、鮑魚就行了，千萬別客氣啊。」

「……」母夜叉族將軍怔了怔，大笑：「妳倒還真不客氣。」她說完居然沒暴走，面色平靜的當真出門準備去了。

「怎麼辦，她對我這麼好，我想到要從她老公那拿東西，突然感覺有點良心不安。」母夜叉族將軍一出門，雲千千頓時垮下臉，雙手捧著胸口，緊揪衣襟做愁苦狀：「我這良心啊……」

「妳捧的是右胸。」九夜鄙視打斷雲千千的話。他往門口掃了一眼，淡淡道：「看人家那度量，我開始覺得公主崇拜她確實有幾分道理了。」

「喲喲，果然是琴瑟和諧、婦唱夫隨、嫁妻隨……九哥我真的錯了，你別老拔刀子威脅人。」雲千千淚奔。

母夜叉族將軍很快準備好酒菜招呼客人，中途兩個兒子訓練完回家，還熱情的幫二人介紹了下。

聽說是自己父親的朋友，兩個小夜叉很是興奮，高高興興圍上來詢問自己父親的近況。

雲千千照著前世的記憶隨口糊弄了幾句，母夜叉族將軍笑意吟吟聽完，這才趕走兩個小孩子繼續招呼客人。

等酒足飯飽，手捧一杯清茶時，雲千千乾咳兩聲終於進入了正題：「將軍啊，過陣子我們就回去了，妳有沒有什麼想跟妳老公說的，我可以順路幫妳帶個話？」

母夜叉族將軍沉吟半晌，搖頭笑道：「不用了，他有任務在身，我不能分他心，有什麼話，等他回來再說好了。」

「別這麼說嘛。妳想想，妳老公一人在戰場上面對那刀光劍影，尤其是無數如狼似虎的卑鄙玩家圍困，那他的心得是多麼的寂寞、多麼的傷痕累累、多麼的……呃，家中嬌妻的來信和問候，不僅不會讓他分心，反而應該是他堅定守護的信念才對。」雲千千耐心道：「換個角度想，妳如果不給他去信，他在戰爭中就連個心靈寄託的港灣都沒有，那多可憐啊。」

母夜叉族將軍紅了紅臉，乾咳兩聲：「我丈夫不會的。」

「甭管會不會，這男人還是得精心照顧，別看他們在外面跩得二五八萬的，其實那小心肝可脆弱了BalaBaLaBala……」

十多分鐘後，雲千千偕同九夜總算心滿意足的抓著母夜叉族將軍親筆家書告辭出營。

任你百鍊鋼，總有繞指柔，再是母老虎，還得怕武松……雲千千很得意，好詩自己一個不經意間，就揭示了多少真理箴言，展露了多少人生哲理啊。

母夜叉族將軍？上將軍？再厲害還是有剋她的人。哪像自己，孤家寡人、無牽無掛、來去自由、天地任逍遙、空虛寂寞冷……咦，不對，後面幾句不算。

沒敢跟怨婦公主打招呼，雲千千帶著九夜直接潛出結界。出了山洞後，傳送石就能用了，她直接一拍就輕鬆回到海邊小鎮。

任務順利完成，順便收穫神器消息及母夜叉族將軍家書一封……

回到玩家地盤，雲千千開公會頻道狂刷屏：「神器任務有S級BOSS要刷，征有經驗級別高、裝備精良、五官端正隊友三名。」

彼岸毒草搶到沙發：「滾，別來勾引會裡人，自己折騰去。」

零零妖板凳：「身強體健求包養。」

燃燒尾狐地板：「被工作室包養中……」

玩家甲：「ＸＸ族ＸＸ級全身藍階求合體。」

玩家乙：「乖巧聽話的火力坦克求組。」

玩家丙……

天堂行走地下室潛水中，仰望樓上群狼，笑而不語。

013 所謂愛情!?

不堪大用，實在不堪大用。

雲千千嘆息搖頭，毫不猶豫的欽點下零零妖及沒說話的天堂行走……馬的，以為不吭聲就沒你事了？門都沒有。

最後還有一名額，雲千千挑剔的在報名喊話中磨蹭許久，沒聽到一個順耳的，於是謙虛的諮詢彼岸毒草：「會裡有耐打耐抗、頭腦機敏、懂配合之優質美男否？」

彼岸毒草答曰：「有，自己找去。」

%#$%*#……雲千千抓狂。

她找不到人，氣憤的索性直接拉著四人殘隊就出發了。

母夜叉族將軍很可靠，當初直接就把自己老公駐紮的位置座標也給了雲千千，主要是為了方便後者帶信。於是沒有任何波折，一行人一路砍殺小怪，直接殺進某處隱蔽礁石群中，順利找到夜叉駐守本部……見到雲千千等人，夜叉族表示非常激動，夜叉族表現非常不友好。

現在是活動期間，夜叉族是戰爭挑起方，玩家是受魚人族邀請來幫忙的防守方……無論從哪個方面來看，夜叉族和玩家之間都有著不可調和的矛盾；也許以後大家有機會和平共處，但絕對不會是現在。

雲千千找到夜叉族臨時據點的時候，那叫朋友探訪；但是找到前線指揮作戰所的時候，那就叫心懷不軌。

這個道理很簡單。比如說有個人到銀行大廳裡去諮詢辦理業務，那他肯定得是客戶；可如果那人想繼續往人家金庫裡走，那就變成是劫匪了……

「住手！」

眼看面前的夜叉們蠢蠢欲動，身邊的九夜也在蠢蠢欲動，一場世界大戰一觸即發，雲千千冷汗刷刷，眼明手快的連忙刷出母夜叉族將軍信件，勇敢直面鋒利的叉尖。

「不要這樣子，我們是來送信滴！」

「我們怎麼知道是真是假？」攔住雲千千等人的夜叉族依舊不敢鬆懈，懷疑道。

「這個，信是你們將軍的老婆寫的，你可以讓他出來認認筆跡？」群夜叉面面相覷，眼神對望後，默契回頭喝道：「把信丟過來。」

雲千千三下兩下拆開信封，抽出信紙飛快塞進空間袋，再把空信封丟了過去。

「這個給你們驗筆跡，信件內容我要親眼看到你們將軍才能給。」香蕉的，這幫 NPC 不相信自己，自己還不相信他們呢……誰知道這些人會不會玩過河拆橋、卸磨殺驢的勾當？到時候自己把信一交出去，千萬鐵叉一起捅過來滅口，死都死得委屈。

夜叉族人吐血。信封上就寫了「夫親啟」三個字，筆劃少，字數又簡潔，想辨認筆跡實在有點難度，好歹加個落款也比較有誠意啊。

雲千千虛心接受夜叉族人們的意見，抽出信紙飛快刷到最末頁，撕下右下角母夜叉族將軍之親筆落款再丟過去大方道：「行，就給你們加個落款。」

「……」

那順手勁，就像麵攤老闆應付囉嗦的客人，不情不願的給人在素麵裡多加了一把豆芽菜。眼看面前的女孩將撕下一角的信紙再塞回去，夜叉族人激動得連滅口的心都有了。

寫有落款的信紙角被小心的裝進信封裡，夜叉族人中出來一人，捧著信封及其內容物進去，讓自家將軍驗證去了。

雲千千一行人在外面耐心等待鑒定結果。

「妳說會不會驗不出來？」零零妖呵呵笑著，倒是對於結果與否沒有什麼壓力。有九夜，他就是這麼自信。

雲千千瞪他一眼。

「這說不定，關鍵得看他們之間的交流方式和文明發展。比如說上上世紀，人們還在用個人簽名來領取包裹，簽訂合約，辦理業務。可是現在的正規場合裡，大部分時候都是指紋、瞳孔、血液基因……科技在發展，個人基因代替了個人簽名，其他需要手寫的時候更是少之又少。」

「再比如說，我家隔壁的小兒子，人家七歲追小女孩時寫的情詩都是用雷射雕篆了，直接輸入文字用藝術體刻在小金項鍊上，一百多字啊。項鍊成本加雕工一共用了幾千聯盟幣，聽說是那小子一年的零用錢……」

「後來呢，追到沒？」燃燒尾狐興致勃勃的問道。

「沒。」雲千千嘿嘿笑道：「那小子第二天帶小女孩來我家蹭霜淇淋，還趁我出去買東西的時候跟小丫頭說我壞話，於是後來我就背著他和那小女孩聊天，再裝作不知情的順口說她戴著那金項鍊是假的鍍金……」

「妳真壞……他說妳什麼壞話了？」

「汙衊我小氣小心眼小肚雞腸。」雲千千現在想起來還覺得生氣。

「……」

九夜鎮定的擦了把冷汗。

另外兩個男人默默無言，一起背過身去唏噓感慨。這教訓充分教育了他們千萬不能得罪女人，尤其是不能得罪一個小氣小心眼小肚雞腸的女人……

夜叉族將軍顯然和自己妻子感情還是不錯的，不一會後就有夜叉族人過來，說將軍判定那信確實是他妻子寫的，讓雲千千等人把信拿出來，然後這些玩家就可以安全離開了。

雲千千堅持不見將軍本人不能交信，說這是她答應了母夜叉族將軍的條件，不能失信於人。畢竟沒見到將軍之前，她也不確定到底是不是真人，人家送個快遞還得收信人親自去郵局呢，不像他們這麼不把信使當回事的。

雙方協商無果後，來人無奈的再次進去通傳；對方再回來時，夜叉族將軍總算也出來了。

紅腰帶，永恆的紅腰帶……雲千千往人家腰間一掃，立即認出這確實是自己曾經在活動最後一天看到過的那個 NPC。別問她為什麼不看臉，夜叉族不論男女，都是一樣的黑皮膚、疙瘩臉，外帶兩個獠牙露出脣邊。在雲千千的眼裡，她根本認不出誰是誰，看來看去都一個模子……這種時候，衣著服飾比五官要顯眼得多了。

「我妻子的信是在妳那裡？」夜叉族將軍一出來就直奔主題。

「嗯，魔海螺是在你那裡？」雲千千像黑勢力接頭似的嚴肅點頭，順口也問了句。她一說完就悔得恨不得抽自己一巴掌。

電視一般都有這情節，某倉庫裡，兩群穿黑西裝、戴墨鏡的人接頭，一個問錢帶了嗎？一個問貨帶了嗎？然後兩傻子相視曖昧一笑，招手讓各自的小弟分別提兩個皮箱出來和對方驗錢驗貨……

雲千千一直覺得這設定挺傻的。既然是做生意，哪有空手去的，如果真有一方人忽而璀璨一笑，做個鬼臉什麼的羞澀說「沒有耶，人家忘帶東西啦……」，那包准下一刻就被打成篩子。

料想自己這是被傳染了，不然肯定不能說出這麼沒創意的臺詞……雲千千拍拍腦袋，沒注意到對面夜叉族們的臉色已經集體大變。

夜叉族將軍厲聲喝問：「妳怎麼知道魔海螺的？」

「呃……這個問題有點複雜，不然你猜猜看？」雲千千總算反應過來自己問的問題有點犯忌了，擦把冷汗乾笑。

「……」夜叉族將軍眼神越發淩厲。「我妻子的信是妳殺了信使偷來的？目的是想混進我們軍營圖謀不軌？」

雲千千無語加淚流滿面。這大哥想像力太豐富了，再而且，思想也太陰暗了。他怎麼腦子就能轉那麼

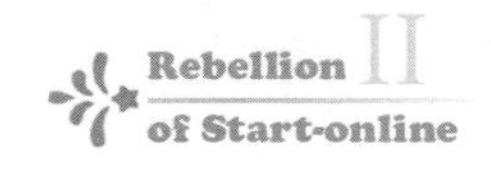

快，突然聯想到自己是殺了信使想混進來圖謀不軌呢？雖然她確實是圖謀不軌……

「把信交出來！」

夜叉族將軍一揮手，身後夜叉族人立刻將一行玩家團團包圍。

「住手！」雲千千抽出信，舉一個打火機出來。「再往前一步我就燒掉你們的軍情急件。」

「咦，不是說這只是家……」書……

燃燒尾狐話沒說完就被雲千千踹了一腳，總算是及時吞下了最後一個關鍵字。他再一想想也明白過來了，人家這是在故弄玄虛，於是連忙退到一邊戒備，乖乖閉嘴當啞巴。

九夜默默站到隊伍前面，把雲千千幾人擋在身後，抽出匕首一言不發。

夜叉族將軍見到九夜後愣了愣，繼而冷笑道：「原來連駙馬也來了。」

「……」踏馬的駙馬，你全家都是駙馬！

九夜嘴角抽了抽，強忍著沒罵出來。

「別過來哦，你們這樣子我很怕怕，我一怕手就會抖，一抖說不定就會把信信燒掉哦。」雲千千威脅，舉著打火機打出火苗挨近手中信紙。

勤儉真是好習慣，要不是自己在天空之城的時候拉著九夜去到處白拿人家競選人的宣傳品，她就遇不到那個發菸的；如果遇不到發菸的，就沒有今天的打火機；如果沒有今天的打火機，就沒法威脅夜叉族說

要燒信……

雲千千很欣慰，再次堅定了自己勤儉節約的信念，並且決定在日後繼續將這優良傳統發揚光大、流芳百世、永垂不朽、萬歲萬歲萬萬歲……

「妳……」夜叉族將軍氣得渾身顫抖。

「別生氣，你生氣我也怕怕……」雲千千想了想，說道：「呃，你們全部退後，不准跟過來，等我隊友都出了軍營後，我自然會把信還給你們。」

「蜜桃……」零零妖和燃燒尾狐一起感動。別看人家壞，但人家關鍵時刻真夠意思。犧牲自己安全，成全他們跑路，這是一種什麼樣的精神？

「快走快走，我能化雷或魅影，是逃是賴都比你們強。如果實在良心過意不去的話，回頭一人給我一百……靠，香蕉的，用得著閃那麼快啊你們！」

雲千千氣憤的看毫不猶豫轉身離開的三人，心中只感分外鬱悶。

三分鐘後收到回信，三人已回到安全地帶，正在等待她勝利回歸的消息。雲千千命令夜叉族人集體再退三步，開了魅影，一丟信紙，「刺溜」一聲逃走遠遁……

「將軍？」夜叉族人傻眼。他們想追，但看那速度好像追不上，可是不追心裡實在憋氣，於是不甘請示，希望將軍有什麼對策。

「算了，放她走吧，只要軍情還在就好。」夜叉族將軍冷哼一聲，上前撿起信紙，順口安慰自己的族人：「畢竟我們還是有收穫的，如果真的貽誤軍情話，到時候就沒那麼簡……」

話沒說完，信紙已經展開，只掃一眼，夜叉族將軍就愣住。信上內容很多，十分多，但都與軍情無關，只有母夜叉族將軍殷切深情的問候，如吃了沒？穿得暖不暖？那邊打仗危不危險？有沒有想家？兒子很想你，我也很想你，我們大家都很想你……

夜叉族將軍捏著信紙風中凌亂，不敢相信自己放跑敵人，費心得回來的竟然就是這麼一封信。

夜叉族人們看將軍臉色越加猙獰，心中不安，又不敢直接去看信上內容，只能面面相覷，順便暗中揣測憂心，到底是如何緊急的軍情才能讓將軍色變至此？嗯，一定是很重要的情報，看來雖然放跑了敵人，這收穫卻還是很值得的……夜叉眾甚感欣慰……

「怎麼辦？費勁弄了封家書來，結果人家根本不給面子，白去一趟不說，還被人威脅一道。」衝出軍營很遠後，雲千千和小隊另外幾人在安全地帶會合，一臉憂心忡忡。「這面子可是丟大了，回頭說出去都不會有人信的。」

零零妖認真幫她分析：「我覺得敗筆主要還是出在妳那句問話上，惦記人家神器也就算了，但我們得陰著來啊，哪有妳這樣子直接跑過去問魔海螺的，太惡劣了。這基本上等同於一個男人去同事家裡問他，

你老婆怎麼樣啊，這月是不是生理期沒來？」

「流氓。」雲千千伸出中指鄙視道。「拜託你考慮下隊伍中純潔少女的立場好不好，這種話別說那麼直白。」

「……」會跟老子比中指還聽得懂流氓話的，也好意思算純潔少女？零零妖氣悶的鄙視回去。

九夜擦擦匕首，說道：「反正已經知道位置，殺進去吧。」

「這個，主要問題是殺不殺得過；而且就算真殺過了，我們進去做什麼？」雲千千委婉解釋：「這次的主要目的是拿魔海螺，不是刷 BOSS，我們知道的只是軍營位置，但是還不知道魔海螺究竟是放哪裡……」

說完這話，雲千千忍不住就往燃燒尾狐那邊看去。後者立時警惕。

「幹嘛？那可是神器耶，妳該不會想叫我算出它位置吧？這位少女，封建迷信思想很要不得，我這是技能不是BUG，別把我當萬用 GPS 雷達好不好。」

雲千千默默以蔑視的眼神掃了燃燒尾狐一眼，轉回頭去，說道：「綜合上所述，我們現在最重要的是先找出魔海螺的位置。我建議還是不要曝光，偷偷潛入夜叉軍營。」

「怎麼潛？」

三男人異口同聲……準確說，只有兩男人，九夜是以眼神直接表達疑問。

怎麼潛？好問題。關於這個答案，雲千千還沒有想到。

軍營重地，想當然保全配備肯定是萬無一失。明崗暗哨，分批次巡邏，而且還是全營皆兵，隨便驚動一個伙夫都能招來一群精兵幹將，這危險度實在是太大。

要想不被發現溜進去，除非這幾人個個都能隱身……

雲千千聯絡萬能副會長彼岸毒草求救，一分鐘不到，對方即發來回信。還真有能讓幾人個個隱身的強人，對方的隱藏種族是純血精靈，戰鬥力一般，最特殊的地方在於可以栽種出有各種妙用的植物，比如說鑽地藤……

雖然不能算真正意義上的隱身，但鑽到地下不被人看見，效果也跟隱身差不多了。只要在地底掌握好前進方向和前進距離，這點問題應該不大。

唯幾麻煩的是，要種這種特殊植物需要特殊材料的魔力澆灌，需要時間，最最關鍵是需要那人有空。彼岸毒草把對方 ID 丟給雲千千，讓她自己去聯繫對方，接著義無反顧的切斷通訊，繼續忙得焦頭爛額、布置刷活動事宜。

他要及時尋找更有利的刷怪區域，要調配人手刷怪小隊，要安排人手巡邏盯住龍騰以防不測……彼岸毒草就像一個超級奶爸，照顧著雲千千這後媽搶來的三百多個大孩子，忙碌得不可開交。

「看來得費點工夫了。」

雲千千添加好友，打開通訊器聯繫過去：「九霄第一爺？」

名字很彆扭，讓雲千千有種自己公會進了龍騰九霄內奸的錯覺，而且她強烈懷疑這人的遊戲 ID 是為了占所有玩家便宜……誰見過見人就叫爺的？

對面那邊愣了愣，似乎還沒從蜜桃多多主動聯繫自己的震驚中回過神來，許久後才恍惚的「啊」了一聲，很是縹緲的感覺：「有事？」

「純血精靈？擅長拈花惹草那個？」雲千千再問。

「……」這問題不大好答。九霄第一爺覺得似乎一個不慎就會將自己的形象抹黑：「這個，我擅長種植有特殊功能的魔株，不知道是不是妳說的那種？」

「鑽地藤要種多久？」

「……如果材料供應到位的話，正常生長成熟大概五小時吧。」

雲千千掐指一算，這時間還可以接受，於是欣慰回覆：「先把需要的材料列出來，你現在過來吧。」

「呃……可是我現在沒空。」

雲千千習慣以最高效率來計算一件事情達成需要的時間，但是很不幸，她的最高效率一般都是無法完成的。常常迷路遲到的九夜就不說了，任務中經常多出來的支節麻煩就不說了，被雜七雜八的事情牽絆就

不說了……現在居然連找個人都有人告訴她說自己沒空？

雲千千切斷通訊，回頭傷心的說道：「那小子現在沒空，看來得等。」

「還是殺進去吧。」九夜堅定道。

零零妖摸摸鼻子，分析道：「殺進去是不行的，我看還是去刷刷怪？照蜜桃那說法，這魔海螺真要順利到手的話，等於是活動也差不多該結束了。我們把進度拉那麼快好像有點不好，一旦曝光很容易被刷得起勁的玩家記恨；更主要的是，系統也許還會暗中使壞。」

敢擅自打亂上頭的活動安排計畫？暗中使壞已經算是客氣，要不是有玩家保護條例，蜜桃多多說不定已經被智腦封號一萬次。

「我也贊成小妖的說法，九哥和桃子倒是不用怕，一個實力派，一個……呃，總之我個人不贊成那麼快招惹魔海螺。再說神器說法也很有問題，玩家現在就得到這東西太逆天了，我料想智腦沒準會加個設定，比如NPC道具無法使用啦，再比如被封印需要再練個百八十級才能解封啦……」

雲千千悲憤的比出中指。「死狐狸烏鴉嘴！真要被限制了我找你算帳。」

「我就提醒下，關我屁事。」燃燒尾狐悲切。

討論一番後，四人以兩票贊成、一票反對、一票棄權得出結果，決定暫時按兵不動，等待種植魔植的那個玩家事成後參加幫忙。在此之前，他們先不去夜叉營地招惹，以低調為主，建議活動刷怪、逛街、發

呆、下線……等等等等。

達成初步共識，四個閒得沒事幹的無聊分子繼續興致勃勃爭論打發時間究竟該進行哪項活動內容。中途彼岸毒草關心了一下這邊的進度，被雲千千不耐煩打發掉。

討論未出結果，九霄第一爺處主動傳來訊息：「那個，你們要是沒事做的話，要不要來聚會？」

「聚會？」雲千千愣了愣，回道：「這又是怎麼個說法？」難道是此人遇到什麼難處？難道是想讓自己幫忙又不好明說？如果真是這樣的話，過去也不是不可以，畢竟一會還要人家幫忙，順手幫人家解決點麻煩也不是不可以……

「副會長說……怕你們無聊。」

「……原話？」

「那個……」

「行了，我明白了，聚會地點在哪？」

聽到彼岸毒草在中間插了一腳，雲千千自然也猜了個八九不離十。八成是自己這邊任務中斷的事情被知道了，所以他生怕四個武力強大又窮凶極惡的分子在空虛寂寞之下惹出點什麼亂子；偏偏他剛才發來個訊息想確認，又被自己不耐煩掐掉，於是愛操心的小草自然更加忐忑，左思右想之後決定幫自己安排點行程填補空檔，也免得自己出去禍害百姓、塗炭生靈……

聚會的發起原因說來其實也簡單，主要是因為九霄第一爺的遊戲老婆過生日了，所以其夫妻二人的一干狐朋狗友決定趁機大肆慶祝一番。更關鍵是，趁人家買單蹭點好吃好喝，順便看看能不能勾搭上一、兩個異性，填補自己空虛蒼白的遊戲人生。

雲千千幾人到時，被包下的酒樓已經來了許多人，而且女多男少。

關於這一點，雲千千表示驚訝。首先她沒想到自己手下那麼有錢或者說有魄力，敢伸手包下整個場子。其次是沒想到能來這麼多人，上下兩層坐滿起碼得有二百多個人，差不多等於半個水果樂園的規模。

由此可以得出結論，隱藏種族果然是油水很大，而且很能吸引玩家套交情的一個特殊群體……可是自己朋友為什麼這麼少？好像九哥也不大多，難道是自己性格中有著內向靦腆的一面？雲千千摸摸下巴暗想。

「會……那個誰！」

人群中一身材高大的尖耳玩家一見雲千千趕緊招呼了聲。由於後者事先說過不想被人當耍猴看，所以他忍住沒喊出她身分。

「這邊坐啊，你們幾個快過來。」

雲千千第一時間判斷這就是九霄第一爺，他坐的那桌好像就是傳說中的主席。不客氣帶著九夜幾人過去，無視一桌人詫異猜疑的目光，雲千千順手遞出一個盒子，說道：「祝你媳婦生日快樂，這是我們四人

合夥送的。」

現場噓聲四起，沒見過一份禮掛四個名字的，這也太能節省本錢了。

零零妖冷汗拉過雲千千悄悄問道：「妳送的啥？該不會是一組紅藥就把人家打發了吧？」不會真的這麼丟人現眼吧？早知道的話他就也準備一個禮物了，沒想到人家來這一手。

有的時候一個人可以表現得不客氣，比如說他們空手空腳的來了直接坐著吃喝，可能有人不滿，但更多的是猜測，猜測四人究竟什麼身分，是不是和主家很熟悉，所以才可以這麼不客氣。

但是這種時候如果送了禮，禮卻不大，這就是很丟面子的事情。

前者大家關注的重心是為什麼不送，後者關注的重心則是這禮的價值。得到的結果是完全不同的。

雲千千不爽道：「我有那麼不可靠？」

九霄第一爺身邊的女孩可能是覺得噓聲有點不給人面子，趕緊站起來圓場：「是九哥的朋友吧？謝謝你們了。」她接過盒子，道謝，坐下。

雲千千眼神古怪的看了眼九夜。

九霄第一爺順她視線看過去，頓時大汗。會裡的九哥也來了，他當然認識，人家叫九哥，自己也九哥，這人不會跟自己追究版權問題吧……

「你們聊你們的，不用管我們。」雲千千呵呵一笑，倒是沒就這個問題糾結下去，直接轉頭招呼九夜等人：「九哥坐，小妖你們也坐。」

過生日的女孩反射性抬頭，狐疑看了眼九霄再看了眼雲千千，當發現對方的九哥不是自己老公後，這才鬆了口氣，低下頭繼續招呼其他客人。

酒菜很快上來，眾人開吃順便起鬨。聚會就是那麼回事，吃喝是次要，主要是一起聊天玩樂。既然今天的主角是人家老婆，出錢請客的又是主角老公，那肯定得好好的調侃一下，表達自己的羨慕，遠望二人的幸福生活，祝願良好的生活長長久久……各種囉嗦之後，才會要吃不吃的夾上兩筷子菜。

於是，九霄第一爺和其夫人順理成章的開始接受眾人的輪流灌酒和調笑，偶爾回答些關於眾人對二人戀愛經過提出的小問題，倒也算賓主盡歡。

雲千千心無旁騖的吃吃喝喝，偶爾幫九夜和其他兩人拖來些離得遠的盤子，沒打算湊熱鬧。

可能是這四人的表現太惹眼、太不合群了，主人的關切終於波及了過來。主角女孩笑笑端著杯酒看了過來：「對了，你們怎麼想？」

吃吃吃喝喝喝，四人組專心致志的大吃一頓。

「……」

沒人搭理，氣氛一時有些冷場。主角女孩僵了僵，笑得有些勉強，使個眼色給自己老公。

九霄第一爺鬱悶了一下，乾咳聲，小心翼翼的喊人：「那個……多多姐？」

雲千千對自己名字中的蜜桃比較敏感，多多兩個字基本上處於遺忘狀態，於是繼續無視。

九霄第一爺繼續鬱悶，眾目睽睽之下端著酒杯走過來，站到人家身邊，鼓足勇氣再喊聲：「大姐？」

「啊？」雲千千茫然抬頭，總算給了一個反應。

「我媳婦跟您說話呢。」九霄第一爺想哭。

「哦，說什麼？」人家是主角嘛，給點面子也是應該的。雲千千很能理解的點點頭，轉臉問另外一邊的女子。

主角女孩再僵了僵，覺得有些沒面子。

「沒什麼，大家剛才隨便聊聊。九哥最近加入一個叫水果樂園的公會，事情太多了沒怎麼陪我，他們正合夥討伐他呢……呵呵……」笑得有些尷尬，主角女孩覺得很洩氣。明明是玩笑話，雖然確實有點藉機敲打的意思，但被人這反應這麼一攪和，好像自己沒事找事。

「男人嘛，忙點自己的事情很正常。」雲千千鼓勵的衝九霄第一爺一笑。

九霄第一爺感動，笑笑的連忙敬酒。他確實也被欺負慘了，雖然大家都是開玩笑的說著，但沒個男人願意被自己女朋友聯合姐妹們這麼埋怨，搞得人人喊打的有意思嗎？

自己本來還有點愧疚，想著許久沒陪老婆了，出點血哄她高興高興，沒想到宴會變戰場，那叫一個暗潮洶湧……也不知道是不是這些女人算計好的，早知道他就不請這麼多三八了。

旁邊一個女人不滿嘀咕道：「說得倒好聽，到時候妳男朋友把妳丟下試試。」

「我不丟下他就不錯了，天天膩在一起也沒勁。」雲千千笑呵呵的裝作沒聽懂挑釁。「所謂愛情，其實就是個屁。過日子柴米油鹽那麼瑣碎，有時候得知足。」

「……」

這話有點意味深長，好像指責暗諷，頓時滿座皆靜。

九夜執杯的手頓了頓，一挑眉，仰脖飲盡。

014 魚人族國王駕臨

宴會氣氛很尷尬，從雲千千不合調的言論橫空出現後，主角女孩及其自命娘家、懷有教訓姑爺目的而來的女性友人們就都別過了臉去，一副集體排外的樣子。

「被嫌棄了。」雲千千聳聳肩，嘿嘿笑得不以為意且沒臉沒皮。

「抓緊吃，吃飽閃人。」零零妖雙手飛舞，不停往自己碗裡夾菜，忙得不可開交。

燃燒尾狐塞了滿嘴的菜，抬起頭著急的開口：「唔唔唔唔嗯唔……唔唔唔唔唔唔！」

「……不著急，我們等你啊。」雲千千好心安慰。

「唔唔唔，唔唔唔唔……咳！」

「是是，你慢慢來，小妖不會跑的，他跑我們也不跑。」

「唔。」

燃燒尾狐放心的重新埋下頭去吃。

九夜、零零妖膜拜的看雲千千。「妳還真能聽得懂啊？」

「就狐狸那智商，他會說些什麼話猜都猜得出來了。」雲千千嘆息道。

燃燒尾狐憤怒：「唔！」

眾：「……」你還是先把菜嚥下去吧……

旁邊以過生日主角為首的女性們沉寂了一會後，很快又嘰嘰喳喳的熱烈討論了起來，主題依舊環繞著九霄第一爺對自己女朋友的不上心進行討伐，只是比起最初時，大家多少還是收斂了些，總沒一開始那麼咄咄逼人了。

過生日的女孩笑得甜蜜，九霄第一爺笑得尷尬。

雲千千笑得幸災樂禍，指著那邊教育自己身旁三個男人：「瞧見沒，這就是女人。」

眾人再次無語：「……」說得好像妳自己就不是女人……

別人家的家事，雲千千沒興趣管，再說管也管不過來。

談戀愛昏頭了的男女都傷不起，這邊沒準你看著誰可憐，自以為公道的幫忙教訓另一個人幾句，那邊兩個人回頭一合好，腦袋湊一塊就開始嘀咕你裝威風、二百五……這麼費力不討好的事情，傻子才願意去攪和。

據官方投票表明，美少女戰士這一行業已經逐漸步入了蕭條。現代人個性多種多樣，且自主性又極強，沒誰願意身邊總有人一副我是為你好、我悲天憫人、我就是那愛與正義化身的德性，指手畫腳教育自己，這是對的，那是錯的，你應該這樣，不應該那樣……閣下哪根蔥？管得也太寬了吧？真以為自己能變身聖母了……

一小時後，食不知味且又被眾麻雀教育得面無人色的九霄第一爺，終於隨著吃喝心滿意足的雲千千幾人走出酒樓。

什麼叫眾麻雀？一隻女人等於五十位麻雀。

問：近百隻女人等於多少位麻雀？

男人有時候很壞，尤其喜歡在口頭上糊弄自己女朋友，占點別人都不知道只有自己暗爽的小便宜。比如說雲千千以前就認識這麼一個大哥，嫌自己女朋友囉嗦麻煩又不敢犯上明講，於是根據麻雀理論替自己老婆娶了個肉麻的昵稱，叫人家「我可愛的小鳥」……

他老婆職業算是唱歌的，一直以為這是自己老公愛意的體現，比如說誇獎自己音色如夜鶯什麼的，於

是每次聽到愛稱都小臉通紅，卻不知道實際上人家是在暗喻自己三八、八婆、婆婆媽媽……

從這一點上可以看得出來，男人油嘴滑舌、甜言蜜語時說出來的話實際都不怎麼可信。人家口才好、心眼多，笨點的女孩根本聽不出來那一大堆好像好聽的話裡的真真假假。不過話還得再說回來，如果女人自己不要疑神疑鬼、指指點點的話，料想男人也練不出那麼高熟練的超階技能。

所謂有因有果、有果有因。正因為這樣，雲千千才認為談戀愛實在沒什麼必要，只要知道自己伴侶是什麼性格，思想上沒有不可調和的矛盾，自己和對方能彼此扶持、彼此關心，基本上這樣湊合著就能過一輩子了。如果雞毛蒜皮都斤斤計較，天天爭論誰對誰錯，誰付出多、誰付出少的話，那過的就不叫日子叫折磨。

感情是可以培養的，沒有誰非要愛誰不可，有的只是誰碰上了誰而已……

「需要的材料小草正在叫人準備。你是現在開始還是等會？」

雲千千帶九霄第一爺去參觀了一下夜叉族的軍營，畫個歪七扭八的草圖大概表示了一下自己希望的地道長度、通向位置等等。等對方確定沒有問題後，她這才收圖開始研究鑽地藤的種植問題。

九霄第一爺對著遠處的軍營觀察了會，說道：「現在開始種吧。我先調整調整，免得到時候種歪了。」

「那行，你調著，我們去刷一會怪。」

有系統活動的地方，永遠是缺不了玩家的身影，但是夜叉族附近這一片卻不屬於活動小怪刷新區。這主要是為了防止哪個玩家刷著刷著突然發現隱蔽軍營，從而做出什麼舉動，造成活動提前結束的意外發生。

不過話說回來，如果沒有任務的話，一般人是不會來碰這些夜叉族的。殺他們又沒有活動獎勵，也沒有任務需要，誰願意浪費時間在這裡磨蹭。萬一不小心系統判定人家是居民，沒經驗不說，還惹來一身騷，稍不注意就被當成窮凶極惡的殺人犯通緝了……

於是想要刷怪，四人還得繞路，長途跋涉往活動區趕。

剛走一小段路，雲千千突然輕「咦」一聲，摸摸下巴突然提起不相干的事情：「剛看到人家小夫妻我才想起來，好像情人節快到了？」

「情人節？」九夜臉色古怪。「妳還能注意到這種節日？」

「逢年過節都有大大的商機。」雲千千呵呵道：「創世紀沒有系統組織節日，但是外面商家可以申請組織。過耶誕節的時候，大家都剛進遊戲沒多久，料想是嫌沒油水，所以根本沒人出來冒頭。這個情人節就不一樣了，現在玩家已經小有資本，等到過節時候肯定是熱鬧非凡。」

燃燒尾狐嘴賤忍不住問道：「熱鬧又怎麼樣，反正妳又沒人要。」

「……」雲千千黑臉磨牙：「糾正下，首先不是我沒人要，是我不要別人。其次我關注情人節不是想

浪漫，是想趁機做點小買賣。」

「比如說？」零零妖問。

「比如說情侶首飾，如對戒？」她記得創世紀首次發布開放夫妻結婚系統就是在情人節這一天，當時這消息造福了多少痴男怨女，尤其挽救了多少本來生意蕭條的首飾商店賣主……這個突如其來的喜訊是在情人節頭一天才發布的，料想是為了防止商家趁著資訊公布熱潮去囤貨什麼的。如果自己能提早準備的話，肯定會有一筆巨大的進帳。

九夜不耐煩冷哼道：「海族活動還沒結束妳就折騰情人節？」他不在乎什麼節日，只在乎有沒有活動，沒架打的日子好生寂寞……

「等魔海螺的事情一完，我料想這活動就該完了。」雲千千握拳，星星眼閃動，氣勢雄偉說道：「讓我們充滿激情的準備大撈一票吧！」

眾鄙視……

天還是那個天，海還是那個海，海裡依舊塞著滿滿當當的小怪……和玩家。每次一到有什麼活動的時候，雲千千總有種重回新手村的錯覺，同時感覺異常親切。

本國數百年來都持續著人口膨脹，鄉村或小巷還好，繁華大街上就處處都是交通堵塞了。那人擠人、車塞車的情景，看起來與眼前場景分外相似。

本來本著友愛互讓、和平刷怪的精神，雲千千還想著找一個沒那麼多人的地方下手，沒想到遛了一圈後看著哪裡都沒什麼差別。

於是小姐她也不裝大尾巴狼了，直接袖子一擼，帶著人就衝下海去，連人帶怪一片狂雷。三、五分鐘她就清場完畢，再向其他區域對自己怒目而視的玩家嘿嘿抱歉：「哎呀，剛才被海水擋到視線了，沒注意到這裡有人，真不好意思。」

雖然明知是扯蛋，但也沒人願意和她扯。這人不講道理還胡攪蠻纏，三句不合就能直接抄傢伙開殺，反正死的不是自己，多一事不如少一事，散了吧散了吧……

於是雲千千小隊得以在這寸海寸金的特殊日子裡，獨享方圓一里內的整片海域……不是不想更大，是怕再欺負下去人家得反彈了。

另外一邊，彼岸毒草很快收到外交投訴，遇難者所在的各傭兵團及部分公會接連發來抗議書，要求彼岸毒草約束會中極少數領導層的不講道理行為。

從一開始的吐血到激動再到略有起伏直至最後現在的波瀾不驚，彼岸毒草的接受能力一天比一天強。

看著眼前一疊郵件，他眉毛都沒挑一下就都丟進了垃圾筒裡，雲淡風輕的跟身邊的天堂行走呵呵一笑：「桃

子又惹禍了。」

天堂行走從一堆公文中抬起頭來，笑得異常燦爛：「不錯不錯，你最近修身養性也是越來越好了。」

「有辦法嗎？我倒是想管，可也得管得過來啊。人家怎麼說官也比我大。」彼岸毒草無奈攤手。「怎麼，狐狸去隊伍裡頂你的位置，蜜桃沒來跟你咆哮？」

「沒，她眉毛都沒挑一下就放我出來了。」他頓了一頓再接下去：「我跟她說是你要這麼調整的，她趕時間，說回來再找你聊。」

彼岸毒草嚥下一口血：「……你狠。」

最開始去夜叉軍營的時候，本來雲千千是欽點了天堂行走隨隊出發，但是還沒等她帶隊走到地方，彼岸毒草這裡就收到了混沌胖子送來的情報，大致是與龍騰打算有關的內容。

囂張的男人都傷不起。從最初和龍騰的第一次見面開始，雲千千就是抱著你不招惹我，我也偏要招惹你的惡劣態度，一而再、再而三的將對方一顆純潔的霸道之心玩弄於股掌之中。龍騰三番五次受傷害，終於決定在沉默中變態，奮起召集反抗惡勢力的團體和行動計畫。

這麼緊急的事態，當然比雲千千帶隊去替夜叉族送家書來得重要。於是彼岸毒草毫不猶豫的臨時召回天堂行走，順手再把剛剛被包養的燃燒尾狐拉回來，塞進雲千千小隊頂替天堂行走的位置……當然了，對於這一臨時換人的行為，在江湖上還有一種說法，是作者寫到後來順手寫錯名字了……

於是，天堂行走就這麼幹起了副手的勾當，轉而替彼岸毒草做牛做馬，調配安排起公會中的對應防禦措施。

「不過說歸說，桃子那邊你還是安排人注意下。」彼岸毒草想了想還是不放心。「說不定龍騰會藉這由頭趁機挑事，最好是有備無患。」

天堂行走點點頭，從桌前站起伸個懶腰。「行，我親自走一趟。」

日掛正空，不一會就已經到了中午。雲千千等人這邊才刷了不到兩小時，收穫比起其他玩家卻是多了近一倍。壟斷資源，就是這麼有油水。

中途一支手賤的魚人族不知道怎麼想的，沒看清這邊的隊伍成員，可能是看著比較空曠好停車，就直接把海龜開了過來，結果悲慘的被抓了壯丁，光榮成為雲千千小隊的免費補給站。他們賠錢倒貼藥不說，看著就在不遠處不敢越雷池一步的大批玩家客戶們還不能過去做生意，只能淚流滿面的望洋興嘆。

又是一波毫不節省的狂轟濫炸，雲千千彈盡糧絕，揹著一個包袱破爛滿足的爬上龜背。魚人們連忙殷勤的送上紅藍雙藥、冰涼果汁，等人恢復體力的同時在旁邊幫忙搧風。

「你們收拾一下，找個停車位把海龜擱著，再刷個幾小時我們就要去岸上了，回頭你們跟著一起走。」

雲千千悠哉喝果汁，同時順口交代。

魚人族們想哭。自己已經做到這分上了，沒收入先就不說，這女孩還得寸進尺想把他們帶上岸去。這要是被查到，罪名可是擅離職守，會被處分記過的，大姐。

「對了，多叫點魚人，回頭我想會有點鬧騰，魚多好辦事。」

「大人……」魚人們派出代表，吞吞口水，怯聲想反抗。

「別說了，就這麼定了。」雲千千一揮手，生氣的瞪著那幾條魚人。「我們找到夜叉族的軍營了。就是他們用魔海螺召喚海獸弄出來的事情。你們要搞清楚立場，我們只是幫忙的，你們才是真正的收益者。」

咦？已經找到夜叉族軍營和魔海螺了？這可真是一個大好的消息……可是活動怎麼辦？

魚人族很糾結，不知道眼下到底是該驚還是該喜。

雲千千很快結束休息，繼續下海撈經驗。留在海龜上的幾尾魚人連忙趁這機會召開緊急會議，商量應對措施。

從本族立場和劇情上來說，他們聽到這消息應該是興奮的、激動的、不遺餘力配合的……可是現在這情況，不僅僅是他們一族的危機問題，關鍵是還要趁這次戰爭糾紛的時候壯大玩家團體以及魚人族的小金庫。

沒有架打，魚人們哪來的錢賺？沒有海怪殺，玩家們哪來的經驗？

不幫忙，不符合本族利益；幫忙，不符合本族指標……眾魚人都被繞得有些當機，左思右想後，還是決定把這頭大的抉擇留給上級吧。

於是一條旗魚被放出，箭般游向深海亞特蘭提斯方向，帶去了這些令魚人們困惑難解的頭疼問題給魚人族國王。

「哇，有特殊小怪！」

海中，雲千千眼角瞟到巨大變種旗魚，頓時興奮放雷。

海龜背上眾魚一起狂汗，連忙搖手吶喊示意其住手。

浪急風大，雲千千只能看見魚人們在海龜背上跳腳，興奮的不斷揮舞手臂，至於在喊什麼卻根本聽不清楚。說不定是在幫自己加油？雲千千激動的回首高喊：「我會努力的！」

沒人叫妳努力！魚人們淚流滿面，頭一次憎恨自己有那麼好的聽力。

其實神話中的魚人不僅是聽力好，能聽到船隻上細小的聲響；其歌聲更是能飄盪海域，聲音實在算不上小。只不過遊戲中魅惑類精神技能都是被法令禁止，聲稱有破壞玩家精神波動傾向，怕造成心理影響，所以魚人的歌聲自然也很杯具的被取消。

值得慶幸的是，旗魚果然不愧是海洋中游得最快的魚種，再加上其變異後敏捷更高，於是雲千千的大雷甩出去後，也就是勉強沾到了人家尾巴。在刺激之下，旗魚小宇宙爆發，速度再達一個新的高峰，蹭一下就在海中游得無影無蹤，逃出生天。

「真可惜。」雲千千感到遺憾。

「嗚嗚嗚，以後再不和腦子有問題的人一起玩了。」魚人們表示慶幸和害怕……

天堂行走帶隊在高處岩石上守了一個多小時，光看見下面的四人刷得過癮了，本來還怕龍騰有什麼動作，結果沒想到人家連影子都沒出來一個。

「要不然，我們回去吧？」孽六被編進天堂行走小隊，同樣等得寂寞，在盯準天堂行走瞇著眼又打了一個呵欠後，終於忍不住提議。

「不用。」天堂行走揉了揉眼睛，一副很頹廢的樣子。「再等會就有人接替了，不能大意。」

「還要輪流？」孽六驚訝。他沒想到這還得換崗，本來以為只是過來看看就可以走了，結果現在弄得太小心謹慎了吧。

「是啊，輪流。就算不為了防龍騰，單是為了看著我們會長別再闖禍，這監視的人也是絕對不能缺啊。」無所事事守那麼久，說一點不鬱悶是不可能的，但天堂行走骨子裡還是有點講義氣的正義感。再鬱悶那也是自己朋友，他總不能眼看著她有禍事不管吧。

於是又守半小時，眼看快要到換崗時間了，突然天堂行走神色一凜，突兀的從岩石後站起身來，愣愣的盯著遠處海面張大了嘴。

小隊幾人也正色，跟著視線投過去，只見到海天交接處一片波浪翻湧。

「那是什麼？」天堂行走小隊慌亂，拔出武器戒備。

「國王終於到了！」海龜背上眾魚人感動，一副見到親人的激動表情。

「有大魚！」雲千千興奮，捏著法杖又是一片大雷準備。

「等等！」天堂行走突然出聲，阻止正要衝下岩石的小隊幾人，再一轉頭，果不其然，岩石下另外一邊也有一批玩家正慢慢靠近海面。雖然對方沒有戴徽章，但單看這鬼祟的行動，就能判斷出肯定是對海中的雲千千幾人不懷好意。

「……」沉吟半晌，天堂行走看看翻滾的波浪，再看看海灘小隊，終於咬牙命令道：「直接跳海，和會長的小隊會合。」

他說完，丟了一個組團申請給蜜桃多多……

翻滾的波濤之下，正是魚人族國王帶著魚人族中的精銳部隊。當然，現在除了魚人外，玩家們沒一個人知道這件事情。

魚人始終是長年生活在海底的，就算是從亞特蘭提斯一路趕來，也是在海面下游動，這能保證他們的最大速度，因此才有了這片波濤的形成；而另外一點，也是由於魚人族國王想講一個排場。

大人物嘛，出場總得驚天動地一點。我們沒有天空一聲巨響的霹靂登場，玩不來分海的壯觀上岸，但是最起碼也得弄個聲勢浩大吧？

於是魚人族國王率領著子民們玩命的撲騰尾巴，能拍多大水花就拍多大水花，沒事還得拿手翻攪一下，一路動靜奇大，氣勢洶洶的就殺了過來。

雲千千不知道魚人族剛才那隻旗魚是去報信去了，當然也就更想不到來的會是魚人族國王。反正現在海裡的非敵即友，自己小隊在這了，剩下除了龜背上的就都是敵人。

本著這個樸素的思想，她興致勃勃的準備好了一片天雷地網，另外一片雷霆地獄也在醞釀中。她中間還有空，順便接了一個團隊申請，打眼一掃發現是天堂行走，沒太在意就通過了。

天堂行走的聲音從團隊中傳出：「海灘有玩家不懷好意。」

「海上也有。」雲千千歡樂分享。

「知道了，先會合再說。」

「OK。」答應的同時，眼看浪花已經進入攻擊範圍，同時有越變越高的趨勢，雲千千順手放出積蓄已久的天雷地網，回頭再衝海灘撒下一片雷霆地獄。

魚人族國王金光閃閃、瑞氣千條登場，正好被電個正著……

015 戰

魚人族國王的閃亮登場被破壞，很是狼狽。

但是現在大家沒空理他，因為還有一群比他更狼狽的存在。

海灘上的偷襲小分隊突然遭遇雷電，一愣之後立刻吃藥、拔武器、站起、衝鋒……整個一連串動作如行雲流水般迅速流暢，他們知道自己的行蹤已經暴露了，所以索性不再掩飾身形。

可是杯具女神在前方微笑，小隊剛剛奮勇衝出三步，突然原地「轟」的一聲塌方，所有人被埋到沙下，震盪起漫天的沙塵……

「陷阱？」雲千千瞠目結舌問道。

天堂行走微笑回答：「我隊伍裡正好有一個獵人大師……」

「敵人？」魚人族國王灰頭土臉的率眾魚人過來問道。

雲千千這時才知道自己炸的是誰，心虛看看國王再看看海灘，遲疑點頭的回覆：「呃……應該是。」

海灘方面的突發狀況讓魚人族國王以為自己只是遭了池魚之殃，畢竟在戰場中確實有不少風險，不小心遭遇到一兩顆流彈也沒什麼想不通。聽到回答，魚人族國王氣憤填膺，狠狠咬牙，將自己的無辜受雷全部歸咎到了海灘上的那隊人身上去，卻壓根沒有考慮過其中有沒有雲千千的錯……說白了，這就是一種下意識的柿子撿軟的捏的思維方式，反正有人幫他出氣就行……

掉下陷阱雖然讓人有點意外，但能被派出來找雲千千這個刺頭麻煩的，當然也都不會是庸手。陷阱裡的小隊只慌亂了一瞬，接著很快就做出了最好的應對。

吃藥、搭人梯、攀爬……戰士等近戰打頭陣，先上去也好替後面的人開闢一個安全局面。法系等遠攻墊在坑底，漫無目的往坑外隨機甩技能，期望混淆周圍視線、掩護戰士順利登陸；順便如果有敵人的話，也能給對方造成點顧忌和威脅。

「老樹，上去了記得乘亂先丟根繩子下來。」法師邊甩著五彩絢爛的技能邊咬牙死頂著，努力支撐不讓背上的戰士跌下來。

其他人幫忙扶著分擔戰士重量，順便警惕著。

被叫做老樹的戰士手腳並用的邊爬邊吼：「知道了！馬的，你能不能把技能再炸遠點？到底是混淆敵人視線還是混淆我的視線呢？」

四周都是魔法技能特效，老樹的視線極其非常以及非常的不好，模糊中，只能看到一個人影從漫天煙霧中摸索向這邊靠近，手裡還舉著法杖樣的東西……

肯定是蜜桃多多！

老樹眼前一亮，以迅雷不及掩耳之勢往坑裡丟下繩子，抽出武器，趁人影還沒反應過來時飛身撲去，抓住對方一隻胳膊，手一旋，腰一擰，武器一伸一送……他就這麼從背後挾持住了對方，手中利刃同時頂住對方咽喉，輕輕一笑：「呵呵，妳現在已經被包圍了，投降吧。」

他按捺下激動的心情，力持平靜的淡淡說出這句臺詞，感覺自己真是分外的帥氣。

遊戲第一陰人居然能被自己抓到，這是多麼強悍的實力啊！果然排行榜什麼的是靠不住的，等級始終只是個等級，個人資質才是真正的關鍵。

陷阱裡的隊友很快陸續爬出，雖然大家都看不到朦朧的魔法光效中具體是個什麼情況，但一人挾持了另一人的大概樣子還是能分辨出來；再加上老樹這句話，頓時讓整隊人都很振奮——蜜桃多多落網了？真的落網了？這麼簡單？

「大膽！」被老樹抓住的「蜜桃多多」突然氣憤厲喝，聲線異常的粗壯洪亮。

得意的老樹哆嗦了一下，後知後覺的發現有點不大對勁，遲疑往下看，懷裡挾持著的哪是蜜桃多多，分明是一個滿臉皺紋的中老年雄性生物……

「你誰啊？」老樹尖叫，激動得手一抖，差點沒把武器直接衝人質身體裡捅進去。

「放開我們國王！」魚人族順著魚人族國王的聲音圍了過來，一看此情此景頓時大怒。

魚人族曾幾何時遭遇過這樣的屈辱，哪怕是那個卑鄙無恥來到他們亞特蘭提斯開賭場的女人，都從沒有敢對國王這麼不敬過，太過分了！

「國王？」繼續尖叫，老樹覺得自己都快腦溢血了。

小隊中另外四人同樣震驚。越來越多的魚人從法師放出來的煙幕中滑出，老樹挾持著魚人族國王的身影也逐漸清晰的現了出來。

憤怒的魚人群、被自己隊友挾持的魚人族國王，當這一切在自己眼前越漸清晰之後……小隊眾人登時忍不住淚流滿面，深恨自己犯賤。早知道光明正大跟人幹架也就完了，剛才是哪個王八蛋提議的弄煙霧光效掩護戰士啊？

魚人族國王被綁架的事情引起了在場所有人強烈的情緒反應。這邊魚人們悲憤拍尾，嗷嗷怒吼著太過分了；那邊雲千千帶領的水果族們跟著氣憤填膺，跺腳大喊放開國王。

龍騰小隊無語中，終於是發現自己等人預定下手的目標人物在哪了，問題他們現在連自身都難保……

龍騰接到自己派出的精英小隊全軍覆沒消息時是在公會，他正忙著布置下一步計畫。雲千千的位置被暴露，先是第一組精英敢死隊騷擾，即便拿不下對方，在龍騰預想裡，這些人也肯定能替水果樂園那群人帶去些麻煩；接著是第二隊、第三隊……等對方被一再騷擾得不勝其煩，呼叫水果樂園支援時，埋伏在各路的大路人馬就能將集合前來支援的這些人一舉拿下。

想滅掉九夜和蜜桃多多組合的團隊太難了，但如果是以他們為餌，引來其他人並清除之，則必然能替水果樂園帶來巨大的打擊。

龍騰的這個計畫確實有幾分果敢狠毒。但是很不幸，他接到了第一隊報告的壞消息：他們失敗了，不僅失敗了，還莫名其妙的多了一個敵對種族，魚人族……

「這是怎麼回事!?」龍騰暴跳如雷。

第一小隊淚流滿面的回道：「我們也不知道，本來是想抓蜜桃多多的，但是突然出現大批魚人族和她狼狽為奸……這肯定是陰謀！」

不，這只是巧合……巧合到沒人願意相信是巧合的巧合……

龍騰忙著分析陰謀論，試圖重新擬定計畫的同時，還趕緊召回了仍留在海灘上的本公會人員，以免造

成不必要的傷亡損失。而雲千千一行人則在魚人族的包圍保護下，繼續安全刷怪，擴大了圈海範圍，順便跟魚人族國王商量進攻夜叉軍營的分工配合。

幾小時後，九霄第一爺處終於發來一個好消息：鑽地藤種植成功了，隨時可以準備挖洞。但是還有個壞消息，九霄老婆發來召喚訊息，找自己男人陪逛街，所以鑽地藤操縱人很有可能半路失蹤。

雲千千分外牙疼的拋下海內眾人直奔現場，九霄第一爺及其老婆正在吵架。

女孩很憤怒，聲稱對方在自己生日當天還有那麼多事，實在是不給自己面子；尤其是請完客結帳就跑的行為，更是給自己造成了很大的心理傷害。

九霄第一爺對此則是表示無奈。男人有時候確實願意陪伴女人，但絕不願意天天膩在女人身邊，沒有自己的圈子。尤其是自己女人糾集了一大群姐妹要狂歡的時候，除了充當提款機和臨時苦力，幫忙提包，並且謹聽眾女人不客氣交代「要對你老婆好」之類的教訓來滿足女朋友炫耀「愛情」的虛榮心外，他不知道自己在那站著到底有什麼意義。

所謂約會必須得是單對單的，他願意做一個女人的老公，但不願意是勞工。也許有其他男人願意做，但不會是他。

於是九霄第一爺和女朋友之間就出現了一個巨大的矛盾，究竟男人該不該對自己的女朋友言聽計從？在姐妹淘之間被慫恿教訓得很有危機感的女孩認為九霄的這個行為很危險，好像有出軌或不愛她的傾

向；後者則是反覆解釋自己真有正事，無果後也只能採取沉默反抗政策。

接到求救終於趕到的雲千千第一眼就看到了傷心的女孩，她正哭得梨花帶雨，幽怨而絕望的質問九霄第一爺什麼意思，是不是想和自己分手。

九霄第一爺苦悶委屈煩，他明明一句話沒說，怎麼對方就能扯到分手？

「九霄納命來！」

刷出面具，隨手調了張路人甲的臉罩上，雲千千易容完畢即厲喝了一聲，雷拳捏緊，高調衝出。「轟」一下，雷霆萬鈞瞄準女孩砸上，頓時讓前一秒還傷心悲泣的幽怨女子死得不能再死。

目瞪口呆看著自己女朋友被一個陌生人秒殺，化成白光遠去。愣了三秒後，九霄第一爺才終於回神，二話不說撈出武器，怒火熊熊的就要衝上來拚命。

「別激動。」雲千千取下面具，打個響指：「嘿嘿，這不就解決了？回頭跟那女孩說是公會仇殺，順便你還可以說自己現在正在幫她報仇。」

「……會、會長，是妳？」恍然大悟的九霄第一爺淚流滿面。也是自己嘴賤，明知這人是個六親不認的，他怎麼就敢跟這個女孩求救了？

「精神補償。」看在九霄第一爺好像很受刺激的面子上，雲千千順手遞出去一個在海裡獲得的藍法杖，撇撇嘴道：「畢竟是水果家屬，死也不能白死。便宜她了……嗯，就說是殺了殺她的凶手後掉出來的。

你懂的，不解釋。」

最近獲得的東西多，要一樣樣都拿去拍賣的話，肯定會造成物價下跌，而且還麻煩。一般等級不夠紫階的，雲千千現在都是直接丟商店了。

當然了，對一般人來說，藍裝的屬性還是很有看頭的。比如說大家都知道開四個輪子，比如說賓士什麼的才算有錢人；但如果有朋友送你輛自行車，那還是能算相當不錯的禮物。

當你從未對一個人抱有期望時，對方卻出乎意料的向你釋放善意，這是一件驚喜的事情。九霄第一爺勉強安慰了一下自己，告訴自己會長是迫不得已的，她不是有心的……如此反覆催眠數遍，他終於接過法杖，順便慎重抗議：「下次還是不要這樣了，或者要做什麼事之前跟我說一聲，或者裝裝樣子就好，或者……」

「嗯嗯，都聽你的。」下次？下次誰樂意搭理你老婆啊？遠離狗血，珍惜生命……

魚人大軍和雲千千特攻小隊一起集合於鑽地藤邊。有這麼多魚人打手，天堂行走也可以放心撤掉保護小隊，順便回去報告龍騰和魚人族莫名敵對的好消息去了。

「方向沒問題，我從這裡可以很清楚看到軍營裡最高大的那個帳篷。問題是鑽地藤要延伸多少距離才能剛好到帳篷底下，這個問題就比較難解決了。」九霄第一爺事先幫眾人打預防針。目測和估計畢竟是有

雲千千等人不知道上面情況，但也並不妨礙聽到警報，於是緊隨著破地而出，一個個躍上地面開始四處斯殺。

魚人和夜叉很快戰在了一處。雲千千小隊護送魚人族國王趁亂衝進主營去尋找魔海螺。主營中，夜叉族將軍正要衝出來，迎面正好和雲千千等人撞個正著。

「原來是你們。」夜叉族將軍一愣，繼而冷笑：「這回又是想送信？」

「是啊是啊，我剛剛才想起來你還沒寫回信給尊夫人，所以特意來問問需不需要我們幫忙。」雲千千笑得春光燦爛，雷拳一捏，箭般衝殺而去。這可是殺 BOSS 的大招，學來以後還沒正經用過，反正咱別的不強，就雷傷和藍條夠強，殺不死你也先將你打個半身不遂。

夜叉族將軍根本沒有正面迎敵，虎軀一震，身周立時水光瀲灩。雲千千衝過去後竟然直接破體而出，拳頭砸在地上，引爆雷霆萬千。

那一瞬間根本沒有打中夜叉族將軍實體的感覺，像是穿過了一層冰涼的水霧，打了個冷顫就穿身而過。雲千千愣了愣，還在回味剛才一剎那的感覺，夜叉族將軍已經雙手執叉反身刺了過來。

九夜是速度最快的，一個瞬間衝了過來，抬起匕首格擋住鋼叉，一使力，帶著鋼叉滑離軌跡扎入地下，其力之深，入地足有半公尺。如果剛才沒有九夜這麼一架一引的話，可以想見，現在去了半條命的肯定就是雲千千了。

雲千千回神，飛快吞下藥閃開等待回藍。魚人族國王和零零妖則是隨之衝了上來，和九夜一起圍殺夜叉族將軍。

燃燒尾狐一臉為難的捏了銅板，在旁邊看著一團混戰的幾人很是失落……動得太快了，弱點標記打不中……

「行不行啊你。」雲千千走過來踢了燃燒尾狐小腿肚子一下，看這人半天沒反應很是著急。這可是小隊最強的詛咒師，他萎了，另外幾個人就得多花更多力氣。

燃燒尾狐瞪大眼睛吸氣：「誰說我不行？」他一揮手，再不猶豫甩出一個弱點標記。

魚人族國王打得正是投入，突然莫名其妙右臂上多了一個白光點子，還沒等他想起來這是什麼玩意，夜叉族將軍抬起鋼叉舞了一個圈，範圍技剛好擦過這一片，頓時魚人族國王血條掉得嘩啦啦的，嚇得他冷汗直冒，趕緊閃開。

「靠！你是內奸吧？是吧？說，真正的狐狸哪去了？」雲千千咬牙切齒抓著燃燒尾狐死命搖晃，恨不得掐死這小子。

「失手、失手。」燃燒尾狐淚流滿面，掙扎著瞄準夜叉族將軍再甩了一個弱點標記出去。

零零妖剛好走位，不幸背後中招。

咦，又沒中？不等雲千千再發難，燃燒尾狐發狠再甩。

九夜眼見危機近在眼前，不顧夜叉族將軍的攻擊連忙收招後撤，總算成為了開戰以來第一個從燃燒尾狐手中逃出的幸運者，但是很不幸，為了躲這一下，他身上也避無可避的被夜叉族將軍的殺招掃到了一下。

一聲悶哼，九夜抽空一個眼刀殺到。

燃燒尾狐一縮脖子，淚了：「真不關我事啊……」

雲千千也淚了：「大哥，不行就別死撐了，你非要讓其他人都死了才甘心？」

「開同隊保護。」九夜清冷的聲音從隊伍中響起。

燃燒尾狐恍然大悟，連忙看了下 PK 設置，果然全部的勾都被劃掉了，現在他是無保護狀態。

「……你之前到底是在做什麼任務？」雲千千麻木的看燃燒尾狐手忙腳亂的把勾重新選上，嘴角抽了抽，很鬱悶的問道。

「不好意思，我忘了……之前為了占卜而將隊伍裡的玩家保護選項取消了。」燃燒尾狐道歉。

占卜屬於主動作用於他人的技能，這和其他生活技能不一樣，所以系統規定必須要劃掉 PK 保護後才能使用。燃燒尾狐更多時候扮演的是一個神棍的角色，占卜是經常要用到的，於是時不時的就會忘了把 PK 保護勾回來，間歇性重傷隊友那麼一下……

「下次死命給我記住！」雲千千咬牙切齒的拎起燃燒尾狐的衣服領子：「占卜完後立即更改 PK 狀態，再失誤話就爆你菊花！」

燃燒尾狐一個冷顫：「記、記住了！」

重新勾選上同隊傷害豁免的PK保護後，燃燒尾狐再度嘗試了幾次，終於是替夜叉族將軍打上了弱點標記；但是魚人族國王和零零妖身上的標記已然是不可消失了，只能等它自然消退。

在這樣的情況下，唯一沒有顧忌的只有一個九夜。雲千千感到無比慶幸，還好有這麼一個主要戰力依然堅挺。

滿當當的整條MP值終於恢復成功，雲千千咬了顆藥叼在嘴裡，捏拳引雷再次衝入戰局。「我來了！天馬流星拳！」

得到暗號的幾人閃開，獨留夜叉族將軍愣了愣。

「轟」一聲，雲千千這次總算砸中。

016 工匠

在魚人族的配合下推倒夜叉族將軍後，想起那個風骨過人的母夜叉族將軍，雲千千忍不住心虛黯然了下，接著很快蹦蹦跳跳竄回去，興奮的詢問負責摸屍的九夜：「掉什麼了、掉什麼了？有魔海螺沒有？」

「……」九夜默默遞來大海螺一個。

雲千千喜出望外的接過來一看，頓時大失所望。

東西是好東西，也沒被封印，還是能召千軍萬馬的海怪出來，問題這不是個人用品，是公會駐地用品，而且還是「僅限海邊駐地……」

「辛辛苦苦忙一場，結果又被小草非禮了。」雲千千摸摸下巴，發現彼岸毒草也許才是隱藏最深的主

角，什麼都不用幹，自然有人忙碌來讓他占便宜，好好在公會裡坐著都能從天而降掉下一個極品公會道具……這日子真是沒法過了，這日子真是沒法過了……

接到雲千千訊息的彼岸毒草同樣鬱悶。水果樂園目前就一個駐地在天上，他有心再拿幾塊駐地，但問題是，海邊的駐地有什麼用？

大家都知道，公會選駐地是有講究的，不是隨便就圈下一塊地盤。每拿一塊駐地對公會的損耗都不小，費時費力不說，還要用心運營發展，不然光系統定期抽的地價稅就夠公會破產的。

一般人選駐地，要嘛就是圖傳送方便，靠著人口流量賺個買賣方便；要嘛就是圖周邊刷怪區域，方便自己公會裡的玩家練級打寶……可是海邊？在現實裡，海邊的城市都發展了，那是因為人家對外貿易交流有先天優勢，可遊戲裡能做什麼？難道和千八百里外的海族互通有無？

要不發展個海濱渡假村吧？彼岸毒草實在是捨不得白白浪費魔海螺，認真的思考起海邊駐地可以有的營利模式來。

夜叉族的陰謀被破壞了，系統很守信用的立刻宣布活動結束，但是還沒等玩家們失落抗議，新的後續安排緊接著又被公布出來。系統聲稱因為海怪入侵的關係，海邊諸多城鎮的安定繁榮被破壞，有海賊流竄，希望玩家們積極參與維護安定和平，圍剿抓捕海賊……

「這些活動都是有時間計畫的，同時也是變相提升玩家實力，投放高階道具裝備流入玩家手中的一種途徑。比如說大家以前都穿全藍套，在活動裡獎勵多，做完十天下來後很可能至少有六成人能湊齊全紫套裝，平均總體實力也能再提升個四、五級……」

雲千千坐海邊和彼岸毒草笑呵呵解釋：「現在系統預定的進度還沒完成，但是活動已經被我們強行打掉了。所以它只能趕緊安排個後續出來，好保證剩下的任務指標能儘快達到……你安排人去圍剿海賊吧，這個我就不摻和了，那群海賊太熟了不好下手……」

海賊自然是魚人族扮演的，他們的國庫充實指標也沒達成，正好趁著系統開放後續活動的機會攬下差事，做點不要本錢的買賣為本族創收。

當然了，由於考慮到隱藏種族的照顧政策，系統很人性化的把剿殺改成了圍剿抓捕。每隻魚人都能帶一群系統刷出的小怪小弟去橫行霸道，小弟被殺完後，魚人被捕，被玩家提交給系統城市後投放進監牢。魚人想出來的話，必須繳錢，算是繳給智腦的保護費……

「呵呵，居然還有能讓妳下不去手的。」彼岸毒草笑吟吟站起身來，「行，那我現在就召集人手去刷活動了，妳沒事的話幫忙想想海邊駐地該怎麼辦，別光占著茅坑不那什麼。當真以為一會之長只要吃吃喝喝、玩玩鬧鬧就行了?」

「滾滾滾，回你的男廁所去，不許過來!」雲千千滿頭黑線的趕人。

這什麼比喻呢?都是有身分、有水準的人，不要說話這麼下流。

彼岸毒草搖頭失笑的剛離開沒多久，雲千千開始惆悵……

海邊？開放商業帝國資料片後，人口和海外貿易才可以開始運作，到時候大家自然知道占領海濱地利優勢的好處。問題是，單就現在而言的話，海邊駐地確實是有些雞肋，除了海水很藍、沙子很白外，雲千千看不出這裡有什麼能利用得上的。

難道真要開發渡假村？然後再安排一群帥哥美女扮演海灘服務生，迎接一批一批又一批的情侶及旅遊團體什麼的積極創收經濟？

不過說到情侶又讓她想起情人節，說到情人節就想起她的對戒打造計畫……這麼說起來的話，自己好像還有一批夜明珠放在彼岸毒草那裡沒加工？

嘶溜！雲千千總算找到事情做了，抹了一把口水，馬力全開的奔襲精靈族……

「族長不在？」雲千千驚得小臉蒼白，哭喪著臉。「我這裡有大事找他幫忙啊，不能等的。你們族長到底去哪裡了？」

接待雲千千的長老很體貼道：「既然有大事，那不如在精靈族住上一陣子吧。等族長回來了，我馬上派人通知妳。」

「大概要住多久？」

「這個……大概十天半月也就差不多了。」長老掐指一算，不敢說死。

情人節還有一週不到就到了，等十天半月的，花都要凋零了。

雲千千淚眼婆娑的拉著長老小手手哽咽道：「長老啊，沒有像你們這麼玩人的，不然你指點我下一，精靈族還有誰能做主？」

「我勉強也可以做半個主，妳到底是有什麼事情？」長老好奇關切問道。

「是這樣的，我想打造一批首飾……」

「……問題是我沒錢。」

長老鬆了口氣：「那好辦，不用族長回來，妳直接去找族裡的工匠交涉就可以了。」

「……」所以呢？妳是特意來戲弄我們的嗎小姐？長老瞪眼。

這樣白讓人占便宜的事情長老可不敢做主。不僅他做不了主，就算族長回來也是不會接這燙手山芋的。反正長老就那句話，這事得她自己去找工匠談。至於錢不錢的事情，那就是買賣雙方私下裡商量討論的了，他是決計不會幫忙；但如果工匠自己願意幫幹白工的話，他也肯定不會橫加阻攔。

雲千千無法，只好眼淚汪汪的去找工匠。

工匠手藝很好，工匠腦筋很固執。任憑雲千千說得舌粲蓮花、口水都要乾了，對方都是堅定的搖頭。

「不行，既然是讓我打造東西，那手工費肯定不能免。別人讓我打還得做任務呢，妳就只是出點錢而

已，別不知足了。」

「可是我曾經對你們有大恩，知恩不圖報……」雲千千傷心掩面，話沒說完就被工匠冷冷打斷。

「我們把整個天空之城都送給妳了。」

「呃……」

還真的是這樣，這回報比她那順手之勞的恩可大多了。雲千千眼珠子一轉，繼續傷心道：「我以為我們是好朋友，朋友有難，本應該兩肋插……」

「朋友家家長去妳家玩妳就只招待一顆蘋果？」工匠咬牙切齒。

精靈城主駕臨水果城時被用一顆蘋果打發的事情已經傳遍了全族上下，精靈族們雖然不是什麼暴躁的種族，但對這件事情還是暗暗記恨在心。

「……」好像是有點不厚道。雲千千再臉紅，最後突然猛的捂住臉，埋下頭去號啕：「天哪，這就是美與和平化身的精靈族嗎？這就是大自然的寵兒嗎？這就是……」

不跟你講理，耍賴總行了吧？雲千千號得其實沒什麼技術性，但關鍵是一個抑揚頓挫、再一個連綿不絕、再再一個傳徹全族……

工匠丟不起這個臉，額上青筋跳了又跳。「妳到底想怎麼樣!?」

「我不想怎麼樣，就想你幫我打造對戒。」雲千千淚眼矇矓的抬頭看著工匠。

「可以。」工匠在雲千千臉色一喜之後馬上再次重申原則：「但是不能免費。」

「小氣。」我鄙視你。

工匠黯然道：「反正只要有人來委託打造東西，我就必須接下工作，這是我的義務。而買工藝品的人必須繳錢，這也是買家的義務。主神就這麼規定的，不能更改。」

買家必須繳錢？

雲千千腦子一閃，突然浮現一點靈光……真是豬腦子，自己光記得要打造對戒，卻忘了對戒說到底也是賣給別人的。

這年頭最流行的是什麼？

那就是DIY啊！

沒看現實裡滿大街小巷吃飽了沒事幹的男男女女們就愛放著現成工藝品不買，非得自己去捏泥巴、吹玻璃，不就是圖一個自己動手的樂趣嗎？既然買家繳錢，那她完全可以把工匠弄到自己駐地去，給他一個店鋪讓他守著，然後買家想弄什麼就自己設計，設計完了買她的原料，出他的工錢，最後再拿他們自己設計的成品……

「英雄，跟我走吧。」想通之後，雲千千恍然大悟，星星眼的一握工匠小手，很是激動。

「……」打劫不到手工費，所以現在改打劫人了嗎？工匠默然。

雲千千回去跟長老表明了自己的意圖之後，長老也沒有為難，但是給出了條件：「要人跟妳走可以，只要他自己自願就行。」頓了一頓，他再補充：「但是僱傭我們種族的人還是得繳錢，可以月結、年結或買斷。買斷的話，還得等族長回來發布考驗。」

錢不是問題，本來天空之城要發展商業就得僱傭 NPC 管理店鋪，僱生不如僱熟，僱誰不是僱呢？再說這可以報公帳。雲千千爽快答應，跟彼岸毒草打了個招呼後，很快和長老商定了先買工匠一個月，等族長回來後再直接買斷。

工匠完全自願，在彼岸毒草趕來付錢後，默默收拾好包裹就跟著二人出了精靈族。

雲千千在精靈族聚居地門口跟一人一 NPC 告別，把情人節活動的事情說出來後安排道：「我現在再去弄一批夜明珠，順便進點其他稀有原料和金屬什麼的。你先安排下工匠，幫他在駐地弄一個店鋪，宣傳的事情交給默默尋……具體操作的問題我相信你，掰掰。」

她說完，人刺溜一聲竄走，風風火火。

「……」彼岸毒草和工匠對視良久，氣氛有些尷尬。

半晌後，彼岸毒草終於乾咳一聲，伸出手去僵硬道：「你好，我是水果……族副會……呃，副族長，我們現在就去天空之城選店址吧？」

「嗯。」工匠很認命的樣子。

默默無言走了一段路，彼岸毒草不住打量工匠，越看越覺得好奇。他實在想不通這個精靈族 NPC 為什麼會答應自己會長的要求？要說交情，他們不像有什麼交情的樣子；要說被脅迫，想來那傢伙也不敢在人家精靈族裡幹出這種勾當；要說美人計……這個絕對不可能。

苦思無解，彼岸毒草終於忍不住八卦了一下：「你為什麼會接受我們會長的僱傭？」

「……」工匠抬頭遠目，眼神中寫滿了茫然和對未來的疑惑。許久後，他才收回視線，認真回答：「我不擅長應付潑婦。」

哦，原來如此。彼岸毒草滿足了。

海灘很熱鬧，海灘依舊很熱鬧。

夜叉族黯然退回海底，魚人族取而代之繼續活躍。

雲千千只隨便走了幾步，很容易就抓住一個從自己身邊竄過的魚人。「站住，你們國王呢？」

魚人率領著小弟們正在搶劫，根本沒注意身邊這人是誰，定睛一看，才發現是個大人物，連忙熱情笑答：「我們國王正在亞特蘭提斯召裁縫試衣服，他在最後一天要登場扮演大 BOSS，因為是第一次，所以難免緊張了些。」

「哦，沒出息。」雲千千嘖了聲。「你們海裡還有夜明珠沒？」

「夜明珠？聽說因為上次的採伐已經很稀缺了的樣子，您想要？」魚人問道。

「嗯，最近需求量挺大，還有珊瑚、珍珠、深海稀金什麼的也是。」

「這個……要不我帶您去見我們隊長吧？」魚人為難了下，覺得這件事情自己的許可權可能不大夠，於是引薦上司：「他扮演小精英BOSS，現在正帶了一群兄弟們在鎮外刷玩家。」

《蜜桃多多的修羅花嫁・上》完

請繼續觀賞更精彩的《蜜桃多多的修羅花嫁・下》

飛小說系列070

禍亂創世紀第二部-01(上)

蜜桃多多的修羅花嫁

出版者■典藏閣
作　者■凌舞水袖　繪　者■CHI77
總編輯■歐綾纖
製作團隊■不思議工作室

郵撥帳號■50017206 采舍國際有限公司（郵撥購買，請另付一成郵資）
台灣出版中心■新北市中和區中山路2段366巷10號10樓
電　話■(02)2248-7896　傳　真■(02)2248-7758
物流中心■新北市中和區中山路2段366巷10號3樓
電　話■(02)8245-8786　傳　真■(02)8245-8718
ISBN■978-986-271-401-0
出版日期■2013年10月

全球華文國際市場總代理／采舍國際
地　址■新北市中和區中山路2段366巷10號3樓
電　話■(02)8245-8786　傳　真■(02)8245-8718

新絲路網路書店
地　址■新北市中和區中山路2段366巷10號10樓
網　址■www.silkbook.com
電　話■(02)8245-9896
傳　真■(02)8245-8819

☞您在什麼地方購買本書？☜

1. 便利商店（ ________ 市／縣）：☐7-11　☐全家　☐萊爾富　☐其他____________

2. 網路書店：☐新絲路　☐博客來　☐金石堂　☐其他__________

3. 書店（ ________ 市／縣）：☐金石堂　☐誠品　☐安利美特animate　☐其他________

姓名：________ 地址：______________________________

聯絡電話：____________　電子郵箱：______________________

您的性別：☐男　☐女　　您的生日：西元________年________月________日

（請務必填妥基本資料，以利贈品寄送）

您的職業：☐上班族　☐學生　☐服務業　☐軍警公教　☐資訊業　☐娛樂相關產業
☐自由業　☐其他__________

您的學歷：☐高中（含高中以下）　☐專科、大學　☐研究所以上

☞購買前☜

您從何處得知本書：☐逛書店　☐網路廣告（網站：____________）　☐親友介紹
（可複選）　☐出版書訊　☐銷售人員推薦　☐其他____________

本書吸引您的原因：☐書名很好　☐封面精美　☐書腰文字　☐封底文字　☐欣賞作家
（可複選）　☐喜歡畫家　☐價格合理　☐題材有趣　☐廣告印象深刻
☐其他______________

☞購買後☜

您滿意的部份：☐書名　☐封面　☐故事內容　☐版面編排　☐價格　☐贈品
（可複選）　☐其他

不滿意的部份：☐書名　☐封面　☐故事內容　☐版面編排　☐價格　☐贈品
（可複選）　☐其他

您對本書以及典藏閣的建議______________________________

____

____

✌未來您是否願意收到相關書訊？☐是　☐否

✎感謝您寶貴的意見✎

印刷品

請貼
3.5元
郵票

$3.5
不思議信箱
FUSIGI POST

235 新北市中和區中山路二段366巷10號10樓

華文網出版集團　收

（典藏閣－不思議工作室）